1
續・魔法科高中的劣等生
魔法人聯社
The irregular at magic high school
Magian Company
佐島 勤
Tsutomu Sato
illustration／石田可奈
Kana Ishida
illustrator assistant／ジミー・ストーン、末永康子
Kadokawa Fantastic Novels

魔法人聯社

國際互助組織「魔法人協進會」於二一〇〇年四月二十六日設立的一般社團法人，主要功能是以具體行動實現該協進會的日的——魔法資質擁有者的人權自衛。根據地設於日本的町田，由司波深雪擔任理事長，司波達也擔任常務理事。
成立已久的魔法協會也是類似的國際組織，不過魔法協會的主要目的是保護實用等級的魔法師，相對的，魔法人聯社是協助擁有魔法資質的人（無論在軍事上是否有用）在社會上能夠開拓大顯身手的管道，屬於非營利法人。具體來說預定朝兩個方向拓展事業，分別是傳授魔法人實務知識的魔法師非軍事職業訓練事業，以及介紹工作使其一展長才的非軍事職業介紹事業。

FEHR

政治結社「Fighters for the Evolution of Human Race」（人類進化守護戰士）的簡稱。是在二〇九五年十二月為了對抗逐漸激進的「人類主義者」而設立。總部座落在溫哥華，代表人蕾娜．費爾別名「聖女」，擁有超凡的領袖氣質。和魔法人協進會一樣，該結社的目的是從反魔法主義的魔法師排斥運動保護魔法師的安全。

反應護甲

被前第十研驅逐的失數家系「十神」的魔法。這是一種個體裝甲魔法，裝甲一受損就會重新建構，同時獲得「和受損原因相同種類的攻擊」的抵抗力。

成為世界最強的哥哥。
絕對信任哥哥的妹妹。
這對兄妹為了實現理想的社會而踏出一步時，

混亂與變革的每一天就此揭開序幕——

魔法人聯社 1

續・魔法科高中的劣等生

The irregular at magic high school
Magian Company

佐島 勤
Tsutomu Sato
illustration
石田可奈
Kana Ishida

Kadokawa Fantastic Novels

司波達也

魔法大學三年級。
打倒數名戰略級魔法師，向世人展現實力的「最強魔法師」。深雪的未婚夫。
擔任魔法人協進會的副代表，成立魔法人聯社。

司波深雪

魔法大學三年級。
四葉家的下任當家。達也的未婚妻。
擅長冷卻魔法。
擔任魔法人聯社的理事長。

安潔莉娜・庫都・希爾茲

魔法大學三年級。
前USNA軍STARS總隊長安吉・希利鄔斯。
歸化日本，擔任深雪的護衛，和達也、深雪共同生活。

九島光宣

和達也決戰之後，陪伴水波沉眠。
現在和水波一起在衛星軌道上協助達也。

櫻井水波

光宣的戀人。
曾經陪伴光宣沉眠，
現在和光宣共同生活。

藤林響子

從國防軍退役，在四葉家從事研究工作。
二一〇〇年進入魔法人聯社就職。

遠上遼介

隸屬於USNA政治結社「FEHR」的日本青年。
在溫哥華留學期間，
熱中於「FEHR」的活動，從大學中輟。
使用失數家系「十神」的魔法。

蕾娜・費爾

USNA政治結社「FEHR」的首領。
別名「聖女」，擁有超凡的領袖氣質。
實際年齡三十歲，
看起來卻只像是十六歲左右。

艾莎・錢德拉塞卡

戰略級魔法「神焰沉爆」的發明人。
和達也共同設立「魔法人協進會」，
擔任代表。

愛拉・克里希納・夏斯特里

錢德拉塞卡的護衛，
已習得「神焰沉爆」的
非公認戰略級魔法師。

一条將輝

魔法大學三年級。
「十師族」一条家的下任當家。

十文字克人

十師族十文字家的當家。
進入自家的土木公司擔任幹部。
達也形容為「如同巨巖的人物」。

七草真由美

十師族七草家的長女。
從魔法大學畢業之後，進入七草家相關企業工作，
後來轉職進入魔法人聯社。

西城雷歐赫特

從第一高中畢業之後，就讀通稱「救難大」的
克災救難大學。達也的朋友。
擅長硬化魔法。個性開朗。

千葉艾莉卡

魔法大學三年級。達也的朋友。
可愛的闖禍大王。

吉田幹比古

魔法大學三年級。出自古式魔法名門。
從小就認識艾莉卡。

柴田美月

從第一高中畢業之後，升學就讀設計學校。
達也的朋友。罹患靈子放射光過敏症。
有點少根筋的認真少女。

光井穗香

魔法大學三年級。
擅長光波振動系魔法。心儀達也。
一旦擅自認定後就頗為一意孤行。

北山雫

魔法大學三年級學生。從小和穗香情同姊妹。
擅長振動與加速系魔法。
情緒起伏鮮少展露於言表。

四葉真夜

達也與深雪的姨母。
四葉家現任當家。

葉山

服侍真夜的高齡管家。

黑羽亞夜子

魔法大學二年級。文彌的雙胞胎姊姊。
從第四高中畢業時，公開自己和四葉家的關係。

黑羽文彌

魔法大學二年級。和姊姊亞夜子是雙胞胎。
從第四高中畢業時，公開自己和四葉家的關係。
乍看只像是中性女性的俊美青年。

花菱兵庫

服侍四葉家的青年管家。
四葉家次席管家花菱的兒子。

七草香澄

魔法大學二年級。
七草真由美的妹妹。泉美的雙胞胎姊姊。
個性活潑開朗。

七草泉美

魔法大學二年級。
七草真由美的妹妹。香澄的雙胞胎妹妹。
個性成熟穩重。

Glossary
用語解說

魔法科高中
國立魔法大學附設高中的通稱，全國總共設立九所學校。
其中的第一至第三高中，每學年招收兩百名學生，
並且分為一科生與二科生。

花冠、雜草
第一高中用來形容一科生與二科生階級差異的隱語。
一科生制服的左胸口繡著以八枚花瓣組成的徽章，
不過二科生制服沒有。

一科生的徽章

CAD
簡化魔法發動程序的裝置，
內部儲存使用魔法所需的程式。
分成特化型與泛用型，外型也是各有不同。

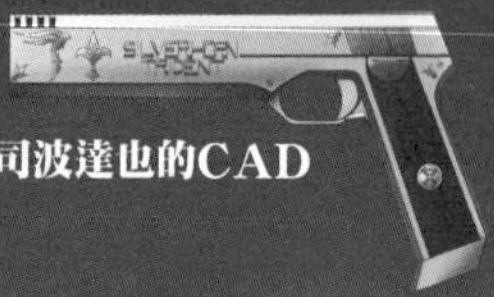
司波達也的CAD

Four Leaves Technology〔FLT〕
國內一家CAD製造公司。
原本該公司製造的魔法工學零件比成品有名，
但在開發「銀式」之後，
搖身一變成為知名的CAD製造公司。

司波深雪的CAD

托拉斯・西爾弗
短短一年就讓特化型CAD的軟體技術進步十年，
而為人所稱頌的天才技師。

Eidos〔個別情報體〕
原為希臘哲學用語。在現代魔法學，個別情報體指的是
「伴隨事物現象而來的情報」，是「事象」曾經存在於
「世界」的記錄，也可以說是「事象」留在「世界」的足跡。
依照現代魔法學的定義，「魔法」就是修改個別情報體，
藉以改寫個別情報體所代表的「事象」的技術。

Idea〔情報體次元〕
原為希臘哲學用語。在現代魔法學，情報體次元指的是「用來記錄個別情報體的平台」。
魔法的原始形態，就是將魔法式輸入這個名為「情報體次元」的平台，
改寫平台裡「個別情報體」的技術。

啟動式
為魔法的設計圖，用來構築魔法的程式。
啟動式的資料檔案，是以壓縮形式儲存在CAD，魔法師輸入想子波展開程式之後，
啟動式會依照資料內容轉換為訊號，並且回傳給魔法師。

想子
位於靈異現象次元的非物質粒子，記錄認知與思考結果的情報元素。
成為現代魔法理論基礎的「個別情報體」，成為現代魔法骨幹的「啟動式」和
「魔法式」技術，都是由想子建構而成。

靈子
位於靈異現象次元的非物質粒子。雖然已經確認其存在，但是形態與功能尚未解析成功。
一般的魔法師，頂多只能「感覺到」活化狀態的靈子。

魔法師
「魔法技能師」的簡稱。能將魔法施展到實用等級的人，統稱為魔法技能師。

魔法式
用來暫時改變伴隨事物現象而來的情報之情報體。由魔法師持有的想子構築而成。

魔法演算領域

構築魔法式的精神領域，也就是魔法資質的主體。該處位於魔法師的潛意識領域，魔法師平常可以意識到魔法演算領域並且使用，卻無法意識到內部的處理過程。對魔法師本人來說，魔法演算領域也堪稱是個黑盒子。

魔法式的輸出程序

❶從CAD接收啟動式，這個步驟稱為「讀取啟動式」。
❷在啟動式加入變數，送入魔法演算領域。
❸依照啟動式與變數構築魔法式。
❹將構築完成的魔法式，傳送到潛意識領域最上層暨意識領域最底層的「基幹」，從意識與潛意識之間的「閘門」輸出到情報體次元。
❺輸出到情報體次元的魔法式，會干涉指定座標的個別情報體進行改寫。

「實用等級」魔法師的標準，是在施展單一系統暨單一工序的魔法時，於半秒內完成這些程序。

魔法的評價基準（魔法力）

構築想子情報體的速度是魔法的處理能力、
構築情報體的規模上限是魔法的容納能力、
魔法式改寫個別情報體的強度是魔法的干涉能力，
這三項能力總稱為魔法力。

始源碼假說

主張「加速、加重、移動、振動、聚合、發散、吸收、釋放」四大系統八大種類的魔法，各自擁有正向與負向共計十六種基礎魔法式，以這十六種魔法式搭配組合，就能構築所有系統魔法的理論。

系統魔法

歸類為四大系統八大種類的魔法。

系統外魔法

並非操作物質現象，而是操作精神現象的魔法統稱。
從使喚靈異存在的神靈魔法、精靈魔法，或是讀心、靈魂出竅、意識操控等，包括的種類琳琅滿目。

十師族

日本最強的魔法師集團。一条、一之倉、一色、二木、二階堂、二瓶、三矢、三日月、四葉、五輪、五頭、五味、六塚、六角、六鄉、六本木、七草、七寶、七夕、七瀨、八代、八朔、八幡、九島、九鬼、九頭見、十文字、十山共二十八個家系，每四年召開一次「十師族甄選會議」，選出的十個家系就稱為「十師族」。

含數家系

如同「十師族」的姓氏有一到十的數字，「百家」之中的主流家系姓氏也有十一以上的數字，例如「『千』代田」、「『五十』里」、「『千』葉」家。
數字大小不代表實力強弱，但姓氏有數字就代表血統純正，可以作為推測魔法師實力的依據之一。

失數家系

亦被簡稱「失數」，是「數字」遭受剝奪的魔法師族群。
昔日魔法師被視為兵器暨實驗樣本的時候，評定為「成功案例」得到數字姓氏的魔法師，要是沒有立下「成功案例」應有的成績，就得接受這樣的烙印。

各式各樣的魔法

● 悲嘆冥河
凍結精神的系統外魔法。凍結的精神無法命令肉體死亡，
中了這個魔法的對象，肉體將會隨著精神的「靜止」而停止、僵硬。
依照觀測，精神與肉體的相互作用，也可能導致部分肉體結晶化。

● 地鳴
以獨立情報體「精靈」為媒介振動地面的古式魔法。

● 術式解散
把建構魔法的魔法式，分解為構造無意義的想子粒子群的魔法。
魔法式作用於伴隨事象而來的情報體，基於這種性質，魔法式的情報結構一定會曝光，無法防止外力進行干涉。

● 術式解體
將想子粒子群壓縮成塊，不經由情報體次元直接射向目標物引爆，摧毀目標物的啟動式或魔法式這種紀錄魔法的想子情報體，屬於無系統魔法。
即使歸類為魔法，但只是一種想子砲彈，結構不包含改變事象的魔法式，因此不受情報強化或領域干涉的影響。此外，砲彈本身的壓力也足以反彈演算干擾的影響。由於完全沒有物理作用力，任何障礙物都無法防堵。

● 地雷原
泥土、岩石、砂子、水泥，不拘任何材質，
總之只要是具備「地面」概念的固體，就能施以強力振動的魔法。

● 地裂
由獨立情報體「精靈」為媒介，以線形壓潰地面，
使地面乍看之下彷彿裂開的魔法。

● 乾冰雹暴
聚集空氣中的二氧化碳製作成乾冰粒，
將凍結過程剩餘的熱能轉換為動能，高速射出乾冰粒的魔法。

● 迅襲雷蛇
在「乾冰雹暴」製造乾冰顆粒時，凝結乾冰氣化產生的水蒸氣，
溶入二氧化碳氣體使其形成高導電霧，再以振動系與釋放系魔法產生摩擦靜電。以溶入碳酸的水霧或水滴為導線，朝對方施展電擊的組合魔法。

● 冰霧神域
振動減速系廣域魔法。冷卻大容積的空氣並操縱其移動，
造成廣範圍的凍結效果。
簡單來說，就像是製造超大冰箱一樣。
發動時產生的白霧，是在空中凍結的冰或乾冰。
但要是提升層級，有時也會混入凝結為液態氮的霧。

● 爆裂
將目標物內部液體氣化的發散系魔法。
如果是生物就是體液氣化導致身體破裂，
如果是以內燃機為動力的機械就是燃料氣化爆炸。
燃料電池也不例外。即使沒有搭載可燃的燃料，無論是電池液、油壓液、冷卻液或潤滑液，世間沒有機械不搭載任何液體，因此只要「爆裂」發動，幾乎所有機械都會毀損而停止運作。

● 亂髮
不是指定角度改變風向，而是為了造成「絆腳」的含糊結果操作氣流，以極接近地面的氣流促使草葉纏住對方雙腳的古式魔法。只能在草長得夠高的原野使用。

魔法劍

使用魔法的戰鬥方式，除了以魔法本身為武器作戰，還有以魔法強化、操作武器的技術。
以魔法配合槍、弓箭等射擊武器的術式為主流，不過在日本，劍技與魔法組合而成的「劍術」也很發達。
現代魔法與古式魔法兩種領域，都開發出堪稱「魔法劍」的專用魔法。

1.高頻刃

高速振動刀身，接觸物體時傳導超越分子結合力的振動，將固體局部液化之後斬斷的魔法。和防止刀身自我毀壞的術式配套使用。

2.壓斬

使劍尖朝揮砍方向的水平兩側產生排斥力，將劍刃接觸的物體像是左右推壓般割斷的魔法。排斥力場細得未滿一公釐，強度卻足以影響光波，因此從正面看劍尖是一條黑線。

3.童子斬

被視為源氏祕劍而相傳至今的古式魔法。遙控兩把刀再加上手上的刀，以三把刀包圍對手並同時砍下的魔法劍技。以同音的「童子斬」隱藏原本「同時斬」的意義。

4.斬鐵

千葉一門的祕劍。不是將刀視為鋼塊或鐵塊，而是定義為「刀」這種單一概念，依循魔法式所設定的刀路而動的移動系統魔法。被定義為單一概念的「刀」如同單分子結晶之刃，不會折斷、彎曲或缺角，將會沿著刀路劈開所有物體。

5.迅雷斬鐵

以專用武裝演算裝置「雷丸」施展的「斬鐵」進化型。將刀與劍士定義為單一集合概念，因此從接觸敵人到出招的一連串動作，都能毫無誤差地高速執行。

6.山怒濤

以全長一八〇公分的大型專用武器「大蛇丸」所施展的千葉一門的祕劍。將己身與刀的慣性減低到極限並高速接近對手，在交鋒瞬間將至今消除的慣性疊加，提升刀身慣性後砍向對方。這股偽造的慣性質量和助跑距離成正比，最高可達十噸。

7.薄翼蜻蜓

將奈米碳管編織為厚度十億分之五公尺的極致薄膜，再以硬化魔法固定為全平面而化為刀刃的魔法。薄翼蜻蜓製成的刀身比任何刀劍或剃刀都要銳利，但術式不支援揮刀動作，因此術士必須具備足夠的刀劍造詣與臂力。

魔法技能師開發研究所

西元二〇三〇年代，日本政府因應第三次世界大戰當前而緊張化的國際情勢，接連設立開發魔法師的研究所。研究目的不是開發魔法，始終是開發魔法師，為了製造出最適合使用所需魔法的魔法師，基因改造也在研究範圍。

魔法技能師開發研究所設立了第一至第十共十所，至今依然有五所運作中。

各研究所的細節如下所述：

魔法技能師開發第一研究所

二〇三一年設立於金澤市，現在已關閉。

開發主題是進行對人戰鬥時直接干涉生物體的魔法。氧化魔法「爆裂」是衍生形態之一。不過，操作人體動作的魔法可能會引發傀儡攻擊（操作他人進行的自殺式恐怖攻擊），因此禁止研發。

魔法技能師開發第二研究所

二〇三一年設立於淡路島，運作中。

和第一研的主題成對，開發的魔法是干涉無機物的魔法。尤其是關於氧化還原反應的吸收系魔法。

魔法技能師開發第三研究所

二〇三二年設立於厚木市，運作中。

目的是開發出能獨力應付各種狀況的魔法師，致力於多重演算的研究。尤其竭力實驗測試可以同時發動、連續發動的魔法數量極限，開發可以同時發動複數魔法的魔法師。

魔法技能師開發第四研究所

詳情不明，推測位於前東京都與前山梨縣的界線附近，設立時間則估計是二〇三三年。現在宣稱已經關閉，而實際狀況也不明。只有前第四研不是由政府，是對國家具備強大影響力的贊助者設立。傳聞現在該研究所從國家獨立出來，接受贊助者的支援繼續運作，也傳聞該贊助者實際上從二〇二〇年代之前就經營著該研究所。

據說其研究目標是試圖利用精神干涉魔法，強化「魔法」這種特異能力的源泉，也就是魔法師潛意識領域的魔法演算領域。

魔法技能師開發第五研究所

二〇三五年設立於四國的宇和島市，運作中。

研究的是干涉物質形狀的魔法。主流研究是技術難度較低的流體控制，但也成功研究出干涉固體形狀的魔法。其成果就是和USNA共同開發的「巴哈姆特」。加上流體干涉魔法「深淵」，該研究所開發出兩個戰略級魔法，是國際聞名的魔法研究機構。

魔法技能師開發第六研究所

二〇三五年設立於仙台市，運作中。

研究如何以魔法控制熱量。和第八研同樣偏向是基礎研究機構，相對的缺乏軍事色彩。不過除了第四研，據說在魔法技能師開發研究所之中，第六研進行基因改造實驗的次數最多（第四研實際狀況不明）。

魔法技能師開發第七研究所

二〇三六年設立於東京，現在已關閉。

主要開發反集團戰鬥用的魔法，群體控制魔法為其成果。第六研的軍事色彩不強，促使第七研成為兼任戰時首都防衛工作的魔法師開發研究設施。

魔法技能師開發第八研究所

二〇三七年設立於北九州市，運作中。

研究如何以魔法操作重力、電磁力與各種強弱不同的交互作用力。基礎研究機構的色彩比第六研更濃厚，但是和國防軍關係密切，這一點和第六研不同。部分原因在於第八研的研究內容很容易連結到核武開發，在國防軍的保證之下，才免於被質疑暗中開發核武。

魔法技能師開發第九研究所

二〇三七年設立於奈良市，現在已關閉。

研究如何將現代魔法與古式魔法融合，試圖藉由讓現代魔法吸收古式魔法的相關知識，解決現代魔法不擅長的各種課題（例如模糊不明確的術式操作）。

魔法技能師開發第十研究所

二〇三九年設立於東京，現在已關閉。

和第七研同樣兼具防衛首都的目的，研究如何在空間產生虛擬結構物的領域魔法，作為遭遇高火力攻擊的防禦手段。各式各樣的反物理護壁魔法為其成果。

此外，第十研試圖使用不同於第四研的手段激發魔法能力。具體來說，他們致力開發的魔法師並非強化魔法演算領域本身，而是能讓魔法演算領域暫時超頻，因應需求使用強力的魔法。但是成功與否並未公開。

除了上述十間研究所，開發元素家系的研究所從二〇一〇年代運作到二〇二〇年代，但現今全部關閉。此外，國防軍在二〇〇二年設立直屬於陸軍總司令部的祕密研究機構，至今依然獨自進行研究。九島烈加入第九研之前，都在這個研究機構接受強化處置。

戰略級魔法師——十三使徒

現代魔法是在高度科技之中培育而成，因此能開發強力軍事魔法的國家有限，導致只有少數國家能開發匹敵大規模破壞兵器的戰略級魔法。

不過，開發成功的魔法會提供給同盟國，高度適合使用戰略級魔法的同盟國魔法師，也可能被認證為戰略級魔法師。

在2095年4月，各國認定適合使用戰略級魔法，並且對外公開身分的魔法師共十三名。他們被稱為「十三使徒」，公認是世界軍事平衡的重要因素。

十三使徒的國籍、姓名與戰略級魔法名稱如下所述：

USNA

■安吉・希利鄔斯：「重金屬爆散」
■艾里歐特・米勒：「利維坦」
■羅蘭・巴特：「利維坦」
※其中只有安吉・希利鄔斯任職於STARS。
艾里歐特・米勒位於阿拉斯加基地，羅蘭・巴特位於國外的直布羅陀基地，
兩人基本上不會出動。

新蘇維埃聯邦

■伊果・安德烈維齊・貝佐布拉佐夫：「水霧炸彈」
■列昂尼德・肯德拉切科：「大地紅軍」
※肯德拉切科年事已高，基本上不會離開黑海基地。

大亞細亞聯盟

■劉麗蕾：「霹靂塔」
※劉雲德已於2095年10月31日的對日戰鬥中戰死。

印度、波斯聯邦

■巴拉特・錢德勒・坎恩：「神焰沉爆」

日本

■五輪 澪：「深淵」

巴西

■米吉爾・迪亞斯：「同步線性融合」
※魔法式為USNA提供。

英國

■威廉・馬克羅德：「臭氧循環」

德國

■卡拉・施米特：「臭氧循環」
※臭氧循環的原型，是分裂前的歐盟因應臭氧層破洞而共同研發的魔法，
後來由英國完成，依照協定向前歐盟各國公開魔法式。

土耳其

■阿里・夏亨：「巴哈姆特」
※魔法式為USNA與日本所共同開發完成，由日本主導
提供。

泰國

■梭姆・查伊・班納克：「神焰沉爆」
※魔法式為印度、波斯聯邦提供。

STARS簡介

USNA軍統合參謀總部直屬魔法師部隊。共有十二部隊，
隊員依照星星的亮度分成不同階級。
部隊長各自獲頒一等星的稱號。

●STARS的組織體系

1. 各部隊地位沒有高低之別。
2. 指揮權集中在總隊長，但實際上經常由基地司令下令。
3. 各隊隊長底下配屬恆星級、星座級、行星級、衛星級的隊員。總隊長沒有直屬部下。
4. 「PLANET STAFF」是以行星級成員組成的支援部隊。有時候不會動用恆星級隊員，只派出PLANET STAFF。
   希兒薇雅隸屬於PLANET STAFF。
5. STARDUST分發的基地不同。

企圖暗殺總隊長安吉・希利鄔斯的隊員們

●亞歷山大・艾克圖魯斯
第三隊隊長。上尉。繼承相當純正的北美大陸原住民血統。
和雷谷魯斯並列為本次叛亂的主嫌。

●雅各・雷谷魯斯
第三隊一等星級隊員。中尉。擅長使用近似步槍的武裝演算裝置發射
高能量紅外線雷射彈「雷射狙擊」。

●夏綠蒂・貝格
第四隊隊長。上尉。比莉娜大十歲以上，卻因為階級不如莉娜而心懷不滿。
和莉娜相處得不太好。

●佐伊・斯琵卡
第四隊一等星級隊員。中尉。東洋血統的女性。使用的是投擲尖細力場的「分子切割投擲槍」，
堪稱「分子切割」的改編版。

●蕾拉・迪尼布
第四隊一等星級隊員。少尉。北歐血統的高䠷窈窕女性。
擅長短刀搭配手槍的複合攻擊。

司波達也的新裝備「解放裝甲」

四葉家開發的飛行裝甲服。和國防軍開發的「可動裝甲」相比，不具備動力輔助功能，資料連結功能也比較差，但是防禦性能提升到同級以上。

隱形與飛行性能優秀，司波達也表示「甚至可以說比可動裝甲更適合用於追蹤」。

寄生物（吸血鬼）

源自精神的情報生命體。

據說原本是在異次元形成，推測是在進行微型黑洞製造與蒸發實驗時撼動次元之牆，因而出現在這個世界。

寄生物群沒有所謂的指揮官，具備獨立思考能力卻共享意識。寄生物可以相互通訊，也能在某種程度的範圍掌握同伴的位置採取行動。

二〇九五年冬季，司波達也等人一度遭遇這種寄生物，並且成功擊退。

當初該事件發生時，犧牲者沒有明顯外傷，體內卻失去大量血液，因此別名為「吸血鬼」。

「幽體消散」

這是和寄生物交手屢次陷入苦戰的達也終於開發的新魔法。可以將靈子情報體徹底逐出這個世界。

至今達也使用的是將情報體封入想子球體的無系統魔法「封玉」，該魔法的效果是暫時性的，須由精神干涉系魔法天分卓越的其他魔法師進行追加的封印處置。

不過，達也和艾克圖魯斯交戰時得知，精神體（靈子情報體）為了存在於這個世界，必須以想子情報體為媒介連結到世界。觀測精神體活動伴隨的情報變化，逆向掌握到被運用為連接媒介的想子情報體加以破壞，就能將精神體完全從這個世界切離。

達也所創造的這個魔法，就是靈子情報體支持構造分解魔法「幽體消散」。

The International Situation

2096年現在的世界情勢

以全球寒冷化為直接契機的第三次世界大戰——二十年世界連續戰爭大幅改寫了世界地圖。世界現狀如下所述：

USA合併加拿大以及墨西哥到巴拿馬等各國，組成北美利堅大陸合眾國（USNA）。

俄羅斯再度吸收烏克蘭與白俄羅斯，組成新蘇維埃聯邦（新蘇聯）。

中國征服緬甸北部、越南北部、寮國北部以及朝鮮半島，組成大亞細亞聯盟（大亞聯盟）。

印度與伊朗併吞中亞各國（土庫曼、烏茲別克、塔吉克、阿富汗）以及南亞各國（巴基斯坦、尼泊爾、不丹、孟加拉、斯里蘭卡），組成印度、波斯聯邦。

亞洲阿拉伯其餘國家，分區締結軍事同盟，對抗新蘇聯、大亞聯盟以及印度、波斯聯邦三大國。

澳洲選擇實質鎖國。

歐洲整合失敗，以德國與法國為界分裂為東西兩側。東歐與西歐也沒能各自整合為單一國家，團結力甚至不如戰前。

非洲各國半數完全消滅，倖存的國家也只能勉強維持都市周邊的統治權。

南美除了巴西，都處於地方政府各自為政的小國分立狀態。

The irregular at magic high school
Magian Company

〔歷史〕

後世稱為「首位現代魔法師」的超能力者，是在西元一九九九年出現在世間。後來經過二十一世紀幾乎整個世紀的期間，各國將魔法師視為兵器，持續進行培育……更正，應該是開發與改良。

日本也不例外。國立魔法大學及其附設高中，名義上是為了「魔法師」而設置的教育研究機構，真正目的卻是為了「國家」而設置用來增強戰力的開發研究機構。

不過在二十一世紀剩下最後幾個年頭，一名非凡人物進入國立魔法大學附設第一高中就讀之後，魔法師的歷史與命運迎來一百八十度的大轉變。

最初的「異狀」微乎其微。西元二〇九五年四月，一名高中生和數名同伴聯手鎮壓……應該說摧毀了國際恐怖組織「Blanche」所屬的小規模武裝集團，這個異常事態沒有公諸於世，不過知道魔法戰力重要性的軍事、治安當局以及犯罪組織相關人士注意到了這個事實。

下一個事件是在同年八月，國際犯罪集團「無頭龍」東日本分部的全幹部被消滅，總部也接著在九月毀滅的一連串事件。襲擊總部的行動已知是日本與大亞聯盟治安當局破例聯手的共同作戰，不過消滅東日本分部幹部的神祕人物，即使在日本也只有少數軍方相關人士知道其真實身分。

到了西元二〇九五年十月三十一日，發生了後世歷史家稱為「歷史轉捩點」的重大事件。朝鮮半島南端的海軍基地以及聚集在該處的艦隊，只中了一記魔法就全軍覆沒。該事件通稱為「灼熱萬聖節」。單一魔法師的戰力凌駕於一國——而且是大國的軍事力。

為了查明這個神祕的魔法以及使用該魔法的神祕魔法師，被譽為當時世界最強魔法師部隊的「STARS」和日本魔法師之間展開暗鬥。

異次元精神生命體「寄生物」的介入，使得這場鬥爭不了了之，不過假設能以判定的方式決定勝負，那麼勝利者不是美軍也不是日軍。判定獲勝的將是日本的民間魔法師組織，別名「不可侵犯之禁忌」的「四葉家」一族。

二〇九六年從全世界的角度來看是小康狀態。翌年的西元二〇九七年，世人清楚看見「世界出現決定性的變化」。改變歷史的非凡人物「司波達也」成為魔法師一族「四葉家」下任當家的未婚夫，在這年的一月正式在世間登台亮相。

在這個時間點，他的知名度僅止於魔法師內部的小型社會，不過他的名聲愈來愈響亮。

五月底，他發表重力控制魔法式熱核融合反應爐「恆星爐」技術，以及使用該技術的設施建造計畫。藉由這種恆星爐，人類在二十二世紀前半再度獲得不受氣候變遷影響的大量能源，同時魔法師也從「兵器」轉變為「生產者」。魔法師得以從「戰鬥工具」變成真正的「人類」。

二〇九七年八月。司波達也終於向世界展示自己是能夠獨力和國家對等進行戰爭的存在，也迫使世界承認這個事實。「個人無法對抗國家」的常識至此被推翻。如今世人知道，引發「灼熱萬聖節」的人也是司波達也。

然而他引發的混亂與變革，並沒有就此結束……

[1] 魔法人協進會

西元二一〇〇年四月二十四日。這天，達也人在印度洋海面。場所是停泊在公海的英國皇家海軍航母「愛丁堡公爵號」內部。他是從日本搭乘私人噴射機前來的。

達也搭乘的小型噴射機是以恆星爐設施生產的氫氣為燃料，利用氣流控制與慣性控制魔法將最高速度發揮到七馬赫的超高音速飛機。從日本到這裡的飛行時間包含起降不到兩小時。魔法在這裡也被測試是否能利用在民生需求。

藉由慣性控制魔法，小型噴射機不使用攔截繩就降落在愛丁堡公爵號。此時，印度波斯聯邦（IPU）的魔法學最高權威艾莎・錢德拉塞卡、護衛她的非公認戰略級魔法師愛拉・克里希納・夏斯特里、英國的國家公認戰略級魔法師威廉・馬克羅德正在艦內等待——達也則是獨自赴約，沒帶護衛或祕書。

「讓各位久等了嗎？」

距離預定時間還有十分鐘以上。不過達也（依照日本人的感覺）基於禮儀這麼問。

「不，時間還沒到喔。」

錢德拉塞卡掛著笑容搖頭回應達也這句話。老實說，達也不懂這個動作的意思，認為是文化差異而不以為意。

「但是也不必堅持遵守預定時間，我們開始吧。」

「好的，如果各位方便的話。」

聽到錢德拉塞卡這麼說，達也看向馬克羅德。

「那麼，開始進行簽署儀式。」馬克羅德點頭之後宣布。

如果對方是墨守成規的公職人員，即使相關人員到齊也會等到預定的時間才開始吧。現在這種合理主義也是達也樂見的。

宣布儀式開始的人是馬克羅德，因為他是今天簽署儀式的見證人。

接下來要進行的是國際互助組織「魔法人協進會」的設立手續。這是為了魔法資質擁有者而成立的組織。各項細節都已經準備完畢，接下來只需要代表錢德拉塞卡、副代表達也、見證人馬克羅德三人簽署設立憲章就好。

說到魔法師的國際組織，國際魔法協會已經存在多年。不過魔法協會是為了「魔法技能達到實用等級的魔法師」而設立的組織。而且這裡說的「實用等級」幾乎可以和「軍事意義的實用等級」劃上等號。此外魔法協會基於性質，過度偏向於「將魔法用為核武遏阻力的組織」。即使擁有魔法資質，如果在軍事上沒達到實用等級，或是特性上不適合用在軍事，就無法獲得魔法協會的保護。

聽到這種指摘，魔法協會相關人士應該會否定說「沒這回事」吧。但在達也與錢德拉塞卡的認知中，魔法協會這個組織的大前提是「將魔法利用在軍事」。

兩人基於這份認知，覺得必須設立一個不同於魔法協會的互助組織，保護「魔法人」（無論在軍事上是否有用，擁有魔法資質的人都符合這個定義）的人權。兩人不是把魔法協會改變成自己心目中的模樣，而是自己扛起責任成立必要的組織。不是將理想強加於人，而是決定自己採取行動。

魔法人協進會的總部設於斯里蘭卡島南端的都市迦勒。在協進會設立之前，IPU已經在昨天放棄斯里蘭卡島的所有權，和英國共同承認斯里蘭卡是中立的獨立國。

斯里蘭卡這次的獨立，從一開始就是以魔法人協進會的設立為前提。以IPU的立場，如果能將協進會總部設置於近在咫尺的斯里蘭卡島，可望能和單人軍事力超越國家的達也建立良好關係，並且和國際性的魔法師組織進行密切交流。與其繼續擁有斯里蘭卡島，這麼做預估可以獲得更多利益。

率先承認斯里蘭卡是獨立國家的英國，由馬克羅德擔任政府代理人。他的職責是要向世間證實，設立在斯里蘭卡的魔法人協進會沒納入IPU的統治，也不是隸屬於日本政府的機構，是從各國政府獨立出來的民間國際組織。

馬克羅德自己暫時沒有加入該協進會的計畫，但有意願從旁支援協進會。他就是為此接下見證人的職務。

歐洲各國以「保護一般市民的權利」為名義，持續對魔法師進行人權的限制（或者是人權侵害），英國對此一直在外交上處於批判立場。支援這個標榜「保護魔法人人權」的協進會，符合英國政府的外交戰略。此外，總部設於倫敦的國際魔法協會，並未站在英國政府這邊一起批判歐洲各國，所以本次這麼做也是要牽制這個魔法協會。

在ＩＰＵ與英國的幕後支持與支援之下，魔法人協進會在達也二十一歲生日當天正式成立。

達也在印度時間上午十點二十分抵達愛丁堡公爵號。簽署儀式花費一小時結束之後，他出席馬克羅德主導的航母午餐會。在航母甲板搭乘噴射機準備返回時，是印度時間的下午兩點，日本時間的下午五點三十分。

「達也大人，您辛苦了。」

「閣下，已經完成所有的起飛準備。」

前者是在機上待命的管家花菱兵庫。達也沒帶兵庫進入艦內，因為出狀況的時候會礙事。

至於後者，尊稱達也為「閣下」迎接的是這架飛機的飛行員四八徹。他直到三年前都是日本國防空軍的戰鬥機飛行員，當時的姓名是四十谷徹。然而在二〇九七年八月，美軍與新蘇聯軍接連侵略與攻打巳燒島，他對於袖手旁觀的國防軍感到失望，從軍中退役加入達也麾下。

如果是普通的私人噴射機，兵庫也可以駕駛。他雖然沒有執照，技術上卻也有駕駛大型客機的實力。

不過這架達也專機是超高音速噴射機，是連專業飛行員也難以駕馭的悍馬。光是操縱就需要高超技術，機體內建的氣流控制與慣性控制魔法系統，也要具備足夠的魔法技能才能熟練操作。

從這一點來看，四八出身於百家的四十谷家。他在成為四葉家魔法師的時候改姓，證明自己和四十谷家斷絕往來，魔法方面的技能水準不負百家含數家系之名。

基於這個原因，達也的專機不是由兵庫，而是由四八駕駛。

達也點頭回應四八的話語，下令「請立刻出發」。

「遵命！」

四八舉手敬禮回應，快步移動到駕駛座。

達也與兵庫坐好繫上安全帶之後，超高音速的雙渦輪噴射引擎發出低沉的咆哮聲。

◇　◇　◇

日本時間晚上七點多，載著達也等人的超高音速飛機返抵巳燒島。

巳燒島在這三年快馬加鞭進行開發，島上的光景變了許多。島嶼的實質擁有者依然是四葉家，但是基礎建設整備的資本從四葉家以外的各處大量流入。

例如這座「西太平洋海上機場」並非以島嶼北部鋪設的短跑道整備擴張而成。是浮在巳燒島東南沿岸，日美企業合資完成之超大L型浮台上建造的海上機場。直角相交的兩條跑道都是四千公尺級。現在在這裡起降的只有小型或中型飛機，不過需要的話也可以提供大型客機飛行。

經過連結海上機場與島嶼的吊橋，就會來到短短半年前剛完成的機場航廈。

「歡迎回來。」

深雪在這裡等待達也抵達。

「我回來了。沒發生什麼事嗎？」

「是的，沒什麼事。」

聽到達也詢問，深雪一如往常乖順回應。

「我覺得短短半天不可能發生什麼大事吧。」

不過有人打亂這項常規。是莉娜。

直到不久之前，莉娜的「正式立場」是USNA出借給達也的美軍軍官，但實際上從三年前的夏天，她就擔任深雪的護衛隨時共同行動。

今年的一月四日，莉娜比深雪早一步滿二十歲，同時被日本政界幕後黑手之一，也是四葉家贊助者的東道青波收為養女歸化日本。因此至少她在文件上不再是USNA聯邦軍的軍官，而是日本的平民。順帶一提，她現在的正式姓名是「東道理奈」。

但她一如往常自稱是「安潔莉娜·庫都·希爾茲」，也繼續使用「莉娜」這個通稱。達也與深雪也依然叫她「莉娜」。

高中畢業至今整整兩年，深雪與莉娜從美少女亮麗蛻變為美女。

兩人的身高與體型都和高中畢業時一樣。加上臉蛋原本就比較成熟，所以無法具體指出哪裡改變。

但是她們無疑變得成熟。髮型與妝容都有變化，卻不是因此使得兩人給人的印象不一樣，應該說她們因應印象的變化而改變髮型與妝容，才是適當又正確的說法。

深雪的長直髮沒變，不過筆直垂下的瀏海斜分，雪白的額頭若隱若現。工整的眉毛也外露，凸顯優雅的氣質。

至於莉娜，原本用來假扮成高中生隱藏軍人氣息的雙馬尾髮型如今不再採用，改成過肩不過胸的中長髮。瀏海是帥氣的空氣瀏海。和之前相比給人強烈的都會感。

「達也大人您那邊呢？」

達也還沒對莉娜的打岔起反應，深雪就這麼反問。

如今堪稱密友的莉娜這句話，深雪完全當成沒聽到。

「簽署儀式平安結束了。」

達也也跟著深雪這麼做。也就是無視於莉娜這句頗為中肯的指摘。

「…………」

莉娜沒插嘴介入兩人的對話。

這時候沒吵著說「別把我當空氣」，證明莉娜也確實有所成長吧……不過也可能只是在鬧彆扭。

「沒人做出冒犯的舉動嗎？英國海軍肯定也有人對於協進會的設立感到不是滋味。」

派遣使者見證的英國政府，從這個管道得知暗中籌備至今的「魔法人協進會」各種細節。協協進會的服務對象是比「魔法師」定義範圍更廣的「魔法人」，設立目的是保護魔法人的人權。知道這些細節的政府層級機構只有英國、IPU以及再度獨立的斯里蘭卡，其實連日本政府也不知道。

用為會場的航母，艦上成員大多不是魔法師。軍中的魔法師比例比其他組織高，但魔法師的實際人數依然很少，所以船員當然幾乎都不是魔法師。

而且船員知道這趟航海的目的。即使艦長或其他幹部沒有正式告知，船員本來也都會對航海的目的感興趣。此外，船上是封閉的世界。在某些狀況下，航海目的攸關船員的性命，不能完全保密。

在各種機械逐漸進展為自動化的現在，航母的乘組員人數還是很多。其中肯定有人暗自對魔法師抱持厭惡感或反感。

協進會目的是擁護魔法資質持有者（包括魔法師）的人權。權利之中當然包括「選擇職業的自由」，所以協進會的活動範圍擴大之後，可以協助魔法師開拓從軍以外的道路，進而導致軍方弱化。深雪認為肯定也有軍人對此抱持警戒。

「不，完全沒有這種徵兆。」

但是達也明確否定深雪的這份擔憂。

「看，我說的沒錯吧。」

莉娜像是從旁補強達也的回答般插嘴。

「可是，我好擔心。我不認為這是我想太多。」

這次深雪沒忽略莉娜這句話，以稱不上符合邏輯的話語反駁她。

「不，妳擔心過度了。不列顛是基於政治考量才派遣愛丁堡公爵號到印度洋。要是有人冒犯達也，丟臉的將是不列顛政府，不，是不列顛國王。皇家海軍絕對不會做出害國王蒙羞的事。」

「……總覺得妳說得像是英國海軍比美軍更值得信賴？」

對於深雪的指摘，莉娜像是被說到痛處般板起臉。

「……要比榮耀或是使命感的話不會輸，不過說到忠誠心，英國皇家海軍對國王的忠誠心，老實說應該勝過美國海軍對總統的忠誠心。因為美國軍人效忠的對象不是白宮，是國家本身。」

「但我認為這才是民主國家軍隊的正確立場吧？」

「……是嗎？」

「是的。」

莉娜原本是因為深雪內心蒙上陰影，為了去除她的擔憂才那麼說，卻反倒被深雪安慰。不過莉娜沒有對此感到不悅。

「總之，協進會那邊很順利。」

氣氛朝著奇妙的方向偏移，達也回到原本的話題試著修正。

「再來就是聯社了，達也大人。」

深雪這段話是察覺達也的意圖，引導話題朝另一個方向發展。

「記得要在週一設立？」

莉娜也跟上這個話題。不過這不是發問，是一種附和。

「沒錯。」

日程早就無須確認，但達也開口給予肯定的回應。

◇　◇　◇

從機場回到巳燒島的住處之後，達也被要求在自己房間稍待片刻。他在這個階段就大致猜到即將發生的事。

十幾分鐘後，深雪打內線電話叫達也到飯廳。飯廳桌上準備了插著蠟燭的蛋糕，而且今天是四月二十四日。不用說，這是為達也慶生的蛋糕。

「達也大人，恭賀您今天生日。」

「生日快樂，達也！」

趁著達也等待時鄭重換上禮服的深雪與莉娜出言祝賀。她們穿著裙襬過膝，香肩畢露，不同色調的成熟禮服。兩人的笑容比亮麗的禮服還要華美，比身上項鍊或戒指的寶石還要耀眼。

「謝謝妳們。」

達也也猜到深雪應該會準備為他慶生。不，認識深雪的人都猜得到，這是必然的事。其中絲毫沒有驚喜要素。達也的反應這麼鎮靜，絕對不是不喜歡別人為他慶生，也不是感到掃興。

理所當然地平穩享用名為慶生派對的晚餐。圍坐在餐桌旁的只有三人。這也是一如往常。

老實說，雫上週就提出「想辦慶生派對」的要求。不過魔法人協進會的簽署儀式在半年多前就決定日程，達也不得已只能婉拒。

「深雪也已經固定使用『達也大人』這個稱呼了耶。」

深雪分切蛋糕時，莉娜看向她這麼說。

「為什麼突然說這個？」

深雪視線停留在切蛋糕的手邊，以疑惑的聲音反問。

「沒有為什麼……算是隨口問問？」

「這是怎樣？我以名字稱呼達也大人，又不是一天兩天的事。」

「是沒錯啦，但我總覺得妳稱呼達也是『哥哥』的印象比較強烈。」

對於莉娜的這個意見，或許很多人有同感吧。

「畢竟已經訂婚，可不能一直稱呼『哥哥』。我也不想被外人挑毛病……平常就得注意稱呼方式，否則一不小心就可能說溜嘴吧？」

深雪自己也承認「哥哥」這個稱呼方式比較自然，甚至可能下意識脫口而出。她放下刀子拿起蛋糕鏟，稍微皺起的眉頭洋溢些許憂愁。

「但妳應該不會那麼粗心吧，又不是我。」

不過莉娜這句話使得深雪臉上的陰影消失，轉變成傻眼的表情。

「妳承認自己粗心……？」

「……不，我希望妳這時候否定一下。」

莉娜原本是想開個玩笑吧。她不滿般噘嘴。

桌上不只蛋糕，還準備了香檳。高腳杯共三個，每個人都有。

上個月迎來生日的深雪也滿二十歲，得以順利加入舉杯慶賀的行列。說個祕密，設立魔法人協進會的準備工作其實早在半年前的階段就完成，不過等到深雪成年才正式推行。

「那麼，慶祝達也大人生日……」

首先由深雪開口帶領三人乾杯。

「也慶祝達也就任魔法人協進會的副代表……」

莉娜也接話這麼說。

「恭喜您！」「恭喜！」

深雪與莉娜異口同聲高舉玻璃杯。

滿二十歲的兩人就這麼維持水嫩的樣貌，從絕世美少女蛻變為絕世美女。不對，或許形容為「升級」比較適當。

這樣的兩人滿臉笑容出言祝賀。一般的男性在這種狀況下大概連話都無法好好說吧。

「謝謝。」

不過達也露出沉穩的笑容，以一如往常的語氣回應兩人的祝賀。

達也一口喝光杯裡的香檳，將玻璃杯放在桌上。大概是配合達也，深雪與莉娜也將香檳杯放回桌上。

乾杯之前，達也高腳杯裡的香檳是六成滿，深雪與莉娜的玻璃杯裝了約三分之一。

在乾杯之後的現在，達也的玻璃杯是空的，深雪的玻璃杯也是空的。莉娜的玻璃杯還留著約四分之一的香檳。

莉娜看向三個杯子，皺了皺眉間。她把剛放在桌上的香檳杯拿到嘴邊，一口喝光。

「咳，咳咳！」

莉娜咳了幾聲。

「莉娜，還好嗎？」

深雪連忙從旁邊座位輕撫她的背。

「用不著在這種地方不服輸吧……」

達也輕聲自言自語，莉娜以犀利眼神瞪向他。

「我只是稍微嗆到，並不是在較勁啦！」

深雪與莉娜是隨時共同行動的密友，卻也是公認的死對頭，而且兩人都意外地倔強。雖然莉娜不承認，但她看到比自己晚成年（話是這麼說，但也只差兩個月）的深雪一口喝光香檳依然面不改色，就冒出「我也可以」的無意義對抗心，這在旁人眼中顯而易見。

「達也大人，我為您倒酒。」

不過深雪避免刻意指出這一點，拿起瓶子為達也的玻璃杯注入香檳。

「深雪也來嗎？」

達也也模仿深雪，朝她放好的酒瓶伸出手。

「不，我已經……」

深雪懷抱歉意搖了搖頭。其實這是深雪第一次喝酒。她完全不知道自己的酒量，身為淑女當然要有所節制。

「我要喝。」

反觀莉娜以倔強的語氣要求再來一杯。

達也沒多說什麼，為她的玻璃杯注入香檳。

「……莉娜，想睡的話就別勉強，先回房間吧？」

眼神醉醺醺的莉娜像是隨時會打盹，深雪勸她早點就寢。

「我沒事的，我沒事。」

莉娜回答時的語氣意外清醒。不過清醒的只有聲音，眼睛已經閉上一半。

「這是慶祝。」

莉娜想說的是「這是慶祝，先離席的話沒禮貌」？還是「這是慶祝，難得有這個機會一定要多享受一下」？感覺兩種都有可能。說不定兩者皆是，也可能連她自己都不知道。

「……不用勉強沒關係的。」

達也的聲音聽起來比深雪還擔心。或許是剛才因應莉娜的要求為她倒酒而感到責任。

「就說我沒事了啦。」

莉娜不是搖頭，而是緩緩左右擺頭，以流利的口吻回答。這個動作並不是不能解釋成她在模仿某文化圈的肢體語言，不過說真的，她看起來不像「沒事」。

「不提這個，說一下簽署儀式的事給我聽。當時是什麼感覺？」

「就算妳問我是什麼感覺……」

達也臉上浮現為難神色。

「一切都按照預定進行。」

簽署儀式終究是既定儀式。達成共識的內容連細節都已經事先確定。如果有外人介入內容或許另當別論，不過做決定的是達也與錢德拉塞卡這兩名當事人，在簽署儀式的階段沒有產生紛爭的要素。

「我不是問條約內容啦。氣氛呢？英國佬沒搗亂嗎？」

「妳說這什麼話？」

達也露出傻眼表情。

「『皇家海軍絕對不會做出害國王蒙羞的事』。剛才這句話不就是妳說的嗎？」

「是沒錯啦，像是挖苦或是明顯擺臭臉，他們應該不會這麼張揚，但即使沒寫在臉上，也感覺得到不被他們歡迎的氣氛吧？」

「啊啊，原來妳是這個意思。」

不過聽她說明就知道，這個問題並不會很奇怪。

「即使言行上沒有明確表示，也確實有種不被歡迎的氣氛。感覺不是敵意，是敬而遠之。」

達也的回答引得深雪眉頭深鎖。

「這是……反感嗎？」

「真要說的話，我覺得比較像是漠不關心。為什麼被派來做這種工作……他們隱約透露這種不滿。」

「這樣啊……」

深雪微微嘆息。

「對於魔法師……更正，對於魔法人的權利，世間果然不太關心吧……」

深雪早早就開始使用「魔法人（Magian）」這個新名稱。這個詞是比魔法師更廣的概念，也是今後達也想和錢德拉塞卡聯手推廣到全世界的名稱。深雪心想，既然達也希望這個詞普及，自己就應該率先使用——至於「Magist」則是對應狹義的「魔法師」一詞。

「這是在所難免。因為魔法人不只是絕對的少數派，而且無論是否擁有實戰能力，都會被誤以為是強者。成功被當成是社會弱者的集團很容易吸引輿論的同情，不過一旦被認定擁有強大的力量或是享有政治上的優勢，那麼即使權利真的遭受侵害，世人也不會承認這個事實，只能靠自己解決問題。」

「但是我們魔法人的各種權利都受到限制，絕對不算是社會的強者吧……」

對於達也這段諷刺的言論，深雪沒否定，就只是低調反駁。

「大多數人不知道魔法人所處的境遇吧。要讓一個人關心和自己沒有直接關係的事情並不容易。我也只會在播報重大新聞的時候才想到分裂狀態的非洲人民多麼困苦。這麼想就無法責備世間漠不關心的態度。」

「關於非洲的貧困問題，我們確實沒有積極面對吧，但至少沒有蓄意讓問題惡化。不過魔法師的權利是被蓄意受限吧？」

莉娜憤慨的聲音在此時介入。

「對於多數派來說，他們重視的不是魔法人遭遇的現實，而是魔法人之中有少數高階魔法師可能擁有危害他們的力量。」

達也以感受不到熱度的聲音回應。這裡說的「多數派」意思是「沒有魔法資質的人」，基於「魔法人是少數派」的認知而成立。對外的文件或官方公文目前都寫成「魔法人以外的多數派各國人民」。

不過每次都使用「魔法人以外的各國人民」會太長又不方便。今後在同伴之間應該會使用「多數派」這個稱呼吧。

「真是氣死人了！」

莉娜突然一掌拍在桌面。她的憤慨沒能平息。

「我們做了什麼嗎？他們何必自己嚇自己啊！」

達也與深雪轉頭相視。

（她醉了。）

（看來她喝醉了。）

兩人互使眼神確認意見一致。

（怎麼辦？）

深雪以眼神詢問。

（就這麼讓她醉倒吧。）

達也以眼神回答。光是這樣就正確溝通了。連心電感應都自嘆不如。

「我再去拿一瓶過來。」

深雪起身去廚房拿第三瓶香檳。

「我來開吧。」

達也接過酒瓶，以不讓軟木塞亂飛的方式開瓶。

然後將瓶口朝向莉娜。

「……沒錯，我們沒做任何事。」

達也故作正經這麼說，在莉娜的玻璃杯注入滿滿的香檳。

「謝謝。達也你也喝吧。」

莉娜從達也手中搶過香檳瓶，將達也的玻璃杯注滿。

「啊，對不起～～」

「不，別在意。」

達也笑著搖頭，將莉娜剛才賣弄般注滿到杯緣的香檳一飲而盡。

「唔。我接受這個挑戰！」

莉娜也再度讓玻璃杯見底。

達也笑著再度把自己的玻璃杯注滿，幫莉娜倒了下一杯酒。

第三瓶香檳見底的時候，莉娜已經趴在餐桌上不省人事。

◇◇◇

四月二十五日星期日夜晚。

達也、深雪、莉娜三人位於東京都心的名門飯店。

不是要住宿，也不是為了飯店裡的知名餐廳而來──若問目的是否包括晚餐，或許可以這麼說吧。

達也身穿無尾禮服，深雪與莉娜身穿雞尾酒會禮服。他們受邀參加這間飯店舉辦的百人規模酒會。

三人在注目之下穿過走廊前往會場。考慮到預定邀請的賓客人數，應該可以使用小一號的房間就好，不過安排的是大規模的宴會廳。

櫃檯女性都是達也認識的人。是為了恆星爐設施事業而屢次見面的北山潮祕書團成員。主辦酒會的是由北山潮擔任社長的投資公司。

這間公司是巳燒島恆星爐設施最大的獨資金主。今晚的酒會是慶祝恆星爐設施事業進入下一階段，達也是受邀的賓客，實際上也是主辦方的一員。

深雪與莉娜一走進宴會廳，兩人的美貌就引得會場各處發出感嘆。距離酒會開始還有十幾分鐘，宴會廳卻已經冠蓋雲集，看來受邀的賓客幾乎都到了。白人與黑人的身影也相當顯眼。

「達也同學！」

引人注目的是深雪與莉娜，不過首先被搭話的是達也。

穗香不顧自己穿著高跟鞋跑了過來。她身後是以正常速度走過來的雫。

「雖然晚了一天，不過祝你生日快樂！」

即使年滿二十歲，穗香依然充滿活力。

「謝謝妳，穗香。」

穗香與雫和達也一樣是魔法大學三年級，卻鮮少在校園見面，因為達也經常請假沒去大學。而且上課的科目從今年度依照專業領域細分，也很難選修一樣的課。穗香自己即使勉強也想和達也就讀相同學系，不過考慮到「工作」也無法如願。

穗香在就讀大學的同時，被北山家僱用擔任雫的護衛。這是穗香與她的父母說「老是受到照顧會過意不去」提出的要求。不過一開始是當成兼職，穗香和高中時代一樣是一個人住，在年滿二十歲的時候正式被僱用，如今住在北山家工作。她現在位於這裡，其實也是以護衛身分陪同雫參加宴會。

穗香在大學專攻的是「護身法學」。包括護身的魔法技術、為了護身而使用魔法的相關法令都會傳授，是重視實作而且跨領域的學系。不只是護衛，被護衛的一方也可以學習很多東西，所以雫也專攻這個領域。另一方面，達也專攻的是研究魔法本身原理的「魔法原理論」。在大學裡別說教室，連上課大樓都不同棟。

雫在魔法大學是以平凡學生的身分度過，不過在大學外部早早就開始輔助父親的工作。主要是關於恆星爐設施的工作，擔任最大金主父親（的公司）的代理人，或是擔任助手出席各種會議或宴會。

穗香在大學缺乏和達也的交集，恆星爐設施相關的工作對她來說是見到達也的好機會。這份工作之所以交付給雫，老實說是反映雫在這方面想輔助好友的心態。

「這場酒會結束之後方便借點時間嗎？我有東西想給你。」

穗香和以前的不同之處，大概是如今可以毫不猶豫說出這種話吧。

「——穗香，晚安。」

「晚安，深雪。莉娜也晚安。」

面對深雪的時候也不再畏縮——並非百分百就是了。

「話說回來，穗香，妳剛才說酒會之後要做什麼？」

「啊，別在意。我想達也同學今晚應該可以心滿意足回家。」

「咦？穗香，妳的意思難道是……」

穗香這句話令人想入非非，莉娜睜大雙眼臉紅。

「……對不起，穗香。我聽不太懂妳的意思。」

反觀深雪瞇細雙眼，露出極寒的微笑。

深雪與穗香之間的氣氛愈來愈緊張。

「放心。穗香也只是嘴上說說，沒有那種經驗。」

不過從穗香背後插話的平淡聲音。使得女人的戰爭不了了之。

「沒……沒那回事啦！」

「這樣不適合妳喔，穗香。」

穗香突然變得孩子氣，雫像是守護故作成熟的年幼妹妹般投以溫暖的視線。

「晚安，雫。謝謝妳邀請我們。」

此時達也從旁介入。

「達也同學，晚安。還有深雪與莉娜，謝謝妳們出席。」

深雪、莉娜、穗香穿過膝長度的禮服，相對的，雫的禮服是及踝長裙。由於是有袖的款式，所以應該是雞尾酒會禮服沒錯，不過設計上非常偏向晚禮服，算是極度接近正式服裝的準正式服裝吧。

雖然以法人的名義舉辦，實際的酒會主人卻是雫的父親。她應該也是抱持主辦人的心態站在這裡。

「達也同學，我想在酒會開始之前簡單討論一下流程。」

達也應該也猜到雫會這麼要求吧。

「沒問題。」

達也沒反問「什麼事」就答應雫。

「深雪與莉娜也可以來嗎？」

「嗯，好的。」

深雪開口回應，莉娜點了點頭。

「那麼，往這裡。」

穗香前往踏出腳步的雫身旁，雫的背後是達也，達也身旁是深雪，莉娜跟在深雪身後。

◇ ◇ ◇

酒會開始，帶頭乾杯的是雫的父親北山潮。潮就這麼宣布恆星爐設施事業早早轉虧為盈，進入新的階段。

「——恆星爐設施至今是和複數企業結盟經營。不過為了追求事業更進一步的發展，我們決定成立一個新的事業體，事業核心的恆星爐將會基於一致的管理決策繼續建設與運作。」

臨時設置在會場深處的舞臺後方牆上，顯示一個大大的英語標誌。
以簡單3D字體排列的字串是「STELLAR GENERATOR」。
「新公司的名字是恆星創能股份有限公司！」
潮說出噱頭十足的這句話，英語標誌也同時改寫為「恆星創能」。
整個酒會會場響起毫不敷衍的掌聲。
沒有驚訝的聲音。
受邀的賓客並非全都知道新公司的設立，不過恆星爐事業若要繼續發展，差不多該擺脫暫時性的結盟體制，改為永續的經營體制了。相關人士都達成這份共識。新公司的設立回應了眾人的這份期待。
「新公司已經完成所有準備，目標是在五月一日設立。恆星創能的社長預定請這一位就任。我想應該不需要重新為各位介紹了。」
北山潮將手伸向舞臺側邊。
「就是恆星爐的開發者，司波達也先生！」
達也被這道聲音邀請上臺。
這次會場各處零星發出驚訝的聲音。恆星爐設施和一般常聽到「成立風險企業」的概念不一樣。這是已經投入高額資金，有許多企業參與，確定今後將獲得龐大利益的事業。許多利害關係

人士企圖掌握主導權。年紀輕輕剛過二十歲又還在念大學的達也是否能勝任舵手？眾人懷抱這種疑問與不安算是合乎常理的反應。

「司波先生還只是二十一歲的年輕人，但他不只是恆星爐技術的開發者，也是事業計畫的設計者。」

這次零星響起略感意外的聲音。

大家都知道達也是恆星爐（常駐型重力控制魔法式熱核融合反應爐）技術的開發者。不過說到他是恆星爐設施的事業計畫提案者，信不信就因人而異。相關人士之中大概是兩者各半吧。

恆星爐生成能源的利用方法，肯定是經營顧問之類的專家代筆構思的成果。聚集在這裡的事業相關人士——不，或許因為熟悉該事業而容易多想，總之半數左右的人們是這麼認知的。

但是這份認定如今被大企業家北山潮否定了。這件事從兩個方向令人感到意外。

第一個驚訝的原因，在於達也不是專精技術的年輕人，不只是擅長理論與技術本身，也擁有貼合現實的經濟感受力。

第二個驚訝的原因，在於北山潮全面支援司波達也到這種程度。也有人認為北山潮不惜謊稱事業計畫是由達也設計也要補強達也的功績，想營造達也的權威性。

這兩個原因都足以抹除眾人對於達也就任社長感到的不安。如果達也擁有正常的經營觀念，應該不會糊塗毀掉這個未來可期的寶貴事業，而且既然獲得北山潮的全面支援就更不必擔心。

與會者以善意視線歡迎登臺的達也。

「我是剛才承蒙抬愛的司波達也。請容我向協助恆星爐事業的各位鄭重致謝。」

達也恭敬低頭。好幾個地方有人為他落落大方的態度感到佩服。這些反應大概來自至今鮮少有機會直接見到達也的人們。

「身為新公司恆星創能的社長，我會刻苦奮勉竭盡所能，請各位今後也繼續支持協助。」

現場響起不失體統的掌聲。距離狂熱還差得遠，卻也不算空虛。

達也鞠躬之後抬起頭。

仰望講臺的人們猜測錯誤，達也並不是只講到這裡為止。

「此外我想藉由這個場合，向各位報告兩件事。」

沒有批判的眼神或為難的視線。

反倒是深感興趣的人占多數。

「昨天，以印度波斯聯邦（IPU）的艾莎·錢德拉塞卡博士為代表，成立了名為『魔法人協進會』的國際民間組織。『魔法人』是將以往的魔法師概念擴大，泛指在公私兩方面人權受限的魔法資質擁有者。『魔法人協進會』這個組織是為了保護這些魔法資質擁有者的人權而活動。現存的魔法協會服務對象主要是擁有軍事魔法技能的人，相對的，魔法人協進會協助維護權利的對象，也包括了從事未達軍事等級的民生工作，或是工作上不會使用魔法的魔法資質擁有者。」

出現一股小小的騷動。沒達到實戰等級的魔法師都列為保護對象，這種理想主義的立場出乎眾人預料，達也和IPU聯手設立了國際魔法協會以外的國際組織更令人感到意外。

「容我說明一下以免造成誤解，魔法人協進會是獨立於IPU與所有國家的國際NGO。」

達也像是看透眾人的疑惑般補充說明。

「在設立的過程接受了各式各樣的援助，這一點我無法否認，但是IPU已經簽署公文保證不會干涉魔法人協進會的運作。」

再度出現一股騷動。

「以中立第三方身分見證的英國政府代理人，已經確定該公文具備正當的效力。」

騷動轉變為嘩然。

「協進會的總部位於斯里蘭卡島的迦勒。我想各位應該知道，斯里蘭卡已經在本月二十三日從IPU分離獨立，成為中立的共和國。」

宴會廳滿是眾人竊竊私語的聲音。現在是有點無法收拾的狀態。

達也沒有強行說下去，在臺上等待會場的氣氛穩定下來。

「方便請教一個問題嗎？」

在竊竊私語的凌亂交談聲即將平息時，響起一個想向達也發問的聲音。

「好的，請問是什麼問題？」

達也露出禮貌笑容請對方繼續問。

「斯里蘭卡的獨立，是ＩＰＵ支援魔法人協進會的行動之一嗎？」

「就我的理解，這是ＩＰＵ認真想著手保護魔法人權利的證明。」

會場再度一片嘩然。

「日本政府知道斯里蘭卡分離獨立的實際內情嗎？」

「我不知道。至少我沒有主動將個人的推測呈報給政府。」

似乎還有人想繼續質詢達也，不過看來顧慮到時機與場合而自制了。

看準室內氣氛表面上回復平靜時，達也繼續說下去：

「魔法人受到政府與社會各種有形或無形的限制，魔法人協進會是要實際保護魔法人人權的互助組織。為了實現這個目標，我們將在日本設立組織，進行更加具體的活動。」

這次是由達也朝舞臺側邊伸出手。

在這個手勢的引導之下，深雪走上舞臺。

「新團體的名稱是一般社團法人『魔法人聯社』。由我身邊的司波深雪就任為理事長，敝人司波達也也是擁有代表權的常務理事。設立日期預定是明天的四月二十六日。」

深雪恭敬鞠躬，達也俐落低下頭。

會場的掌聲混入不少的困惑。

[2] 魔法人聯社

四月二十六日，星期一。

這天下午，關東州前東京都町田市的法務局受理了某法人的設立登記申請。

該法人的名稱是一般社團法人「魔法人聯社」。

是三名社員的小規模法人。「魔法人」這個詞還不普遍，受理申請的法務局人員之間沒有特別注意這件事。

昨天在某飯店酒會會場發表的內容，媒體還沒有廣為報導。

◇ ◇ ◇

對於魔法人聯社的設立，世間沒什麼明顯的反應，卻在以十師族為首的日本魔法界激起一大漣漪。

二十六日上午十一點，四葉本家。

「夫人，三矢大人來電。」

真夜正在日光室享受悠閒時光時，葉山管家將保留通話的話筒（語音專用終端裝置）放在銀製托盤恭敬端到她身旁。

「又是電話嗎？反正是關於聯社的事吧……？」

真夜之所以不耐煩，是因為其他十師族當家打來的電話，從今早算起已經是第三通了。加上魔法協會的來電是第四通。

而且在這個時間點，魔法人聯社還沒向法務局提出設立申請。

「既然是問一樣的問題，真希望可以一次答覆清楚。」

「要乾脆召集師族會議嗎？」

「不要，好麻煩。我為什麼得費這種工夫？」

「那麼要拒絕嗎？」

葉山問的「拒絕」是指三矢元的來電。

「不。」

真夜簡短回答，從葉山手上的托盤拿起話筒。

「是，電話換人聽了……果然是這件事嗎……沒有啦，因為剛才也接到一条閣下與二木閣下來電詢問……是的，我早就知道了……您問為什麼？……保護魔法師的權利不是我們十師族本來的目的嗎？協進會與聯社都標榜相同的目的，沒理由反對吧……是的，當然不會讓他們做出危害國家利益的事情……那是外務省的工作，應該不是我們要掛心的事……好的，再見。」

結束通話的真夜將話筒交給葉山。

「達也與深雪都成年了，我覺得如果有話想問，直接打電話給他們就好吧。」

同時，真夜發出這樣的牢騷。

「關於協進會與聯社的設立，我們家參與到何種程度，大家應該都很感興趣吧。」

「不過三矢閣下好像不只是感興趣。」

「您的意思是？」

「達也和ＩＰＵ走得很近吧？」

「與其說和ＩＰＵ走得近，不如說他和錢德拉塞卡博士密切往來。」

「在旁人眼中，不會把ＩＰＵ與博士分開來看吧。」

「換句話說，他們懷疑達也大人可能和ＩＰＵ合作嗎？」

聽到葉山不悅地這麼問，真夜露出煩悶的笑容點頭。

「沒錯，而且是透過我們家。」

「這還真是……屬下冒昧認為這種推測可說是失禮之至。」

「我也這麼認為，所以沒什麼好冒昧的。」

真夜厭惡地嘆了口氣。

相對的，葉山從臉上收起不悅表情。大概是認為如果連自己都變得情緒化將難以收拾。

「既然事先知道斯里蘭卡會獨立，為什麼不把這個情報提供給政府？他是這麼問的。」

「這確實是外務省的工作。屬下知道這麼說很失禮，不過三矢大人沒抓準自家和政府之間的距離吧？」

「說得也是……」

大概是被葉山這段話點醒，真夜注視虛空開始沉思。

「葉山先生，派人調查三矢家的人際網路。尤其是他們和官僚的金錢往來。」

「不是和政治家的？」

「他們和政治家的勾結，如今沒什麼好調查的吧？」

「遵命。那麼屬下立刻吩咐下去。」

「麻煩你了。」

葉山行禮之後離開日光室。

剩下真夜一人之後，她躺在椅子上放鬆姿勢。

◇◇◇

七草家當家七草弘一即使得知魔法人協進會與魔法人聯社的設立，也沒有匆忙詢問四葉家。他只是取消所有預定行程，沒吃午餐就獨自進入書房待到傍晚。

他走出書房時是晚間七點，晚餐時間。

只要沒特別指定，七草家都在這個時間吃晚餐。今天說巧不巧，剛就職的真由美與魔法大學二年級的香澄與泉美都回家了。雖然弘一與女兒們都不是刻意為之，不過今晚父女四人久違齊聚在晚餐的餐桌。

雖然這麼說，桌上卻沒有親子和樂的氣氛。三姊妹正值強烈疏離父母的年紀，而且父女的交情本來就比世間的平均值來得冷淡。

「……我吃飽了。」

餐桌上沒進行任何對話，真由美就這麼準備離席。

「等一下。」

不過就坐至今除了飲食以外首度開口的弘一叫住她。

「真由美，妳知道在斯里蘭卡設立的魔法人協進會嗎？」

「……知道。」

真由美的回應透露警戒感。因為她知道達也參與這個協進會的設立。真由美懷疑父親再度企圖利用她和達也的學姊學弟關係。

不，她在這個階段已經確信。

「那麼，妳知道妳的學弟司波達也在今天設立法人嗎？」

「這我也知道。是『魔法人聯社』吧。在我的職場也成為話題。」

「那個，父親大人……」

在這種時候，不知不覺就加入對話的大多是泉美。但此時開口插話的不是泉美，是香澄。

「說起來，『魔法人』是什麼意思？」

「『魔法人協進會』是什麼？『魔法人聯社』又是什麼？」

泉美也接在香澄後面發問。

「『魔法人協進會』是由印度波斯聯邦的艾莎．錢德拉塞卡博士擔任代表，在斯里蘭卡南方都市迦勒設立的國際民間組織。該組織設立之前，IPU已經先承認斯里蘭卡的分離獨立。」

「分離獨立……」

香澄的表情比起吃驚更像錯愕。確實，斯里蘭卡的獨立直到上個月都完全沒成為話題，所以這件事對她來說是青天霹靂。

「『魔法人』是泛指廣義之魔法因子擁有者的嶄新概念，以往沒被認定是魔法師，不到實踐等級的魔法資質擁有者也包括在內。聽說是錢德拉塞卡博士提倡的名詞。」

「具體來說，從魔法科高中退學或沒能入學的人們也包括在內嗎？為什麼要這樣分類？」

「因為啊，小澄……」

真由美從旁插嘴，回答香澄的疑問。

「即使不是魔法師，即使不是使用魔法當職業，只要是擁有魔法因子的人就會被限制出國，跨國婚姻實質上也被禁止，遭受正式與非正式的各種限制。並不是只有日本這麼做。」

「……難道司波學長想要解決這種限制嗎？」

泉美詢問真由美。

「嗯，應該是。我在高三那一年，記得是論文競賽兩週或三週前的時候聽他說過。他要讓魔法師成為經濟上不可或缺的要角，提升魔法師的地位。他說這是他的目標，坦承就是為此打造出重力控制魔法式熱核融合反應爐。」

此時真由美做出像是搜索記憶的動作。

「不……記得那時候是鈴妹——市原鈴音學妹說到自己的夢想是打造出重力控制魔法式熱核融合反應爐，藉以提升魔法師的地位，得知他的目標也一樣而嚇了一跳。不過到頭來，他先成功打造了重力控制魔法式熱核融合反應爐——也就是恆星爐。」

「意思是那傢伙偷了鈴音學姊的點子嗎？」

香澄發出義憤填膺的聲音。

真由美不慌不忙，心平氣和搖了搖頭。

「不，他和市原學妹的研究方向完全不同。市原學妹自己比任何人都承認這一點。」

她這段話，應該說她的語氣，擁有不容插入更多質疑的說服力。

「他成功打造恆星爐之後，肯定想踏出下一步吧。但我不知道他具體來說想做什麼……父親大人知道什麼端倪嗎？」

真由美看向弘一。

「不，我也不清楚。魔法人協進會的設立，是直到當天都沒有任何情報就突然公布的事。聯社的成立也是直到昨天的酒會以前都沒人知道。」

「甚至瞞著十師族是吧……」

「司波學長打算脫離十師族體制嗎？」

泉美聽完真由美這句話，向姊姊與父親請教意見。

「也就是四葉家想退出十師族？」

沒想到這個可能性的香澄露出吃驚的樣子。

「應該不會。至少在四葉家世代交替之前不會。」

弘一否定泉美的推測。

「或許不是四葉家，是他自己想跳出十師族這個框架。說不定還包括四葉家這個框架。」

對於弘一的意見，真由美同意一部分，並且點出進一步的可能性。

「……真由美，這是妳想太多吧？今天設立的魔法人聯社，理事長是司波深雪小姐。她是四葉家下任當家。如果打算離開四葉家，就不會由她擔任代表。」

真由美不同意弘一這段話。

「父親大人。如果他要求深雪小姐離開四葉家，深雪小姐應該會毫不猶豫拋棄下任當家的地位……不，父親大人剛才也說過，除非世代交替，否則四葉家會留在十師族。一旦他做出決定，四葉家或許明天就會世代交替。我認為四葉家再怎麼高明也無法對抗他與深雪小姐兩人。」

「……真由美，妳對司波達也想做的事情感興趣嗎？」

弘一沒反駁真由美，也沒否定這個可能性就改變話題。

「……嗯，感興趣。」

真由美以慎重的態度點頭回應這個問題。

「那麼，妳想不想換工作去魔法人聯社？」

「……是要我潛入魔法人聯社？」

「我沒要命令妳當間諜。只是認為從外側應該無法看清司波達也真正的意圖。」

「七草家的我有可能進入魔法人聯社工作嗎？不，說起來那個社團會受理他人求職嗎？」

真由美今年春天剛從魔法大學畢業，但她任職於七草家旗下的投資公司，即使換工作也可以隨時重返原公司任職。因此她不擔心辭掉現有工作會產生什麼問題。

她在意的是出身七草家的自己，是否能進入明顯受到四葉家影響的這個法人。弘一提出超乎常軌的要求（對於真由美來說）是家常便飯，不過這次比起以往還要不講理得多。

「這部分我會想辦法。」

弘一沒透露根據就打包票保證。

即使是七草家當家也很難吧？真由美如此心想，另一方面卻也安下心來。真由美也想過父親可能會命令她以昔日和達也的交情想辦法，以最壞的狀況甚至會被迫使用色誘之類的強硬手法。

在真由美想像得到的範圍，這真的是「最壞的狀況」。免於做出這種事，真由美不得不鬆一口氣。

雖然這麼說，但真由美並沒有討厭達也。先不提「真正」的色誘，如果只是普通的約會，她不會特別抗拒——前提是沒有深雪這個未婚妻的存在。

真由美今年已經二十三歲。她還不曾和男性發生肉體關係，但除此之外的經驗豐富到和年齡相符。雖然不太能拿來炫耀，但她在大學時代經常相親，對於不靠親密舉動就能取悅男性的技巧也頗有心得。

不過要她對達也做出這種不誠實的行為，她下意識有所抗拒。

而且即使自己主動出擊，達也也絕對不會變心。真由美明白這一點。即使不是認真追求，要是達也刻意讓她體認到自己的女性魅力沒勝算就太慘了。真由美可沒有這種主動前去受辱的被虐狂嗜好。

既然不會被迫做出這種事，那麼換個職場也沒什麼大不了的——

「既然父親大人這麼說了。」

真由美之所以輕易答應，就是這種心理狀態的產物。

或許這是真由美再度完全中了弘一的算計。

◇　◇　◇

繼魔法人協進會之後又設立魔法人聯社，激起的漣漪不只影響日本國內。

ＵＳＮＡ前加拿大領地的溫哥華。名為「ＦＥＨＲ」的團體將總部設置在此地。是市政府核可的合法魔法師結社。

一名東亞樣貌的黑髮黑眼年輕男性，輕敲總部某房間的門。

「Milady，您找我嗎？」

說到「Milady」，經常會令人聯想到在大仲馬小說《三劍客（達太安的故事）》登場的反派貴婦米萊狄（Milady de Winter）・德・溫特，不過在這裡是古時候尊稱女性的用法。意思是「貴婦」。語源據說是「My Lady」的簡寫。

「Ma'am」是代表性的女性尊稱，尤其在軍中普遍使用，但在FEHR是使用「Milady」尊稱擔任領袖的女性。除了要藉此抹除軍事色彩，領袖外表很年輕也是原因之一。因為「Ma'am」也包含「年長女性」的意思。

「請進。」

「打擾了。」

青年遵照室內傳出的聲音開門入內。不是現代的自動門，是內推的木門。

「歡迎你來，遼介。請坐。」

坐在深處辦公桌後的領袖起身迎接青年。

透光般亮棕色的中長髮、琥珀色的眼睛，以白人來說是嬌小體型的美麗女性。不，這位領袖「蕾娜・費爾」的外表，比起「美女」更適合形容為「美少女」。

「打擾了。」

配合領袖一起面對面坐下的這名青年，從「遼介」這個名字就猜得到是日本人。全名是「遠上遼介」。他在四年前渡海來到美國大學留學，就這麼落腳在USNA前加拿大領地。

「遼介，喝茶可以嗎？還是咖啡？」

「那我和您一樣就好。」

「……遼介每次都是這樣耶。」

「我想和Milady喝同樣的飲料，吃同樣的食物，分擔同樣的辛勞，展望同樣的未來。不只是我，我想FEHR的同志們都抱持同樣的想法吧。」

「真是的……遼介你總是說得這麼誇張。」

蕾娜露出有點為難的表情。不過感覺她絕對不是討厭，反而像是在隱藏害臊的心情。

「——巴特拉，兩杯肉桂茶。」

『遵命。』

蕾娜命令準備飲料的對象是男性人型機器人，3H（Humanoid Home Helper）的高階機種，強化結構耐久性與燃料電池容量的型號。

3H原本只是家庭自動化系統的人型介面，實際做事的是各種自動機械以及非人型機器。不過這個高階機種設計成可以單獨輔助家事與文書工作。

一般都是從「Variable Use, Tough and Long Operate Robot」簡稱為「VUTLOR」，不過蕾娜為自己的機器人取了「巴特拉（BUTLER）」這個綽號。

巴特拉親手將兩杯肉桂茶擺在蕾娜與遼介面前。

「先請用吧。」

「我開動了。」

聽到蕾娜這麼說，遼介伸手拿茶杯。

蕾娜見狀也將茶杯拿到唇邊。

兩人同時將茶杯放回桌上。

「Milady，差不多可以請您說明用意了嗎？」

遼介覺得是時候了，催促蕾娜進入正題。

「遼介，你知道你的祖國成立了『魔法人聯社』這個組織嗎？」

「『魔法人聯社』？不是『魔法人協進會』？」

「兩者的關係應該很密切，不過是不同的組織。是那位司波達也先生在昨天公布，在今天設立的日本法人。」

現在溫哥華是四月二十六日下午兩點。日本時間是二十七日上午六點。

「……記得他也參與魔法人協進會的設立吧？」

蕾娜點頭回應遼介這句話。

「在魔法人協進會的網站上，他是副代表。」

然後這麼補充。

「記得魔法人協進會的目的是保護魔法師的人權？」

「目的不是保護魔法師，是魔法人的人權。網站上是這麼寫的。」

「Milady您親自確認過了啊……所以『魔法人』是什麼？」

遼介請蕾娜說明「魔法人」這個陌生的名詞。其實他自己去看協進會的網站就好，不過蕾娜絲毫沒露出厭惡表情，回答這個問題：

「不只是魔法師，也包括沒達到魔法師水準的先天魔法資質擁有者，泛指『魔法使』這個種族的廣義概念。這是網站上的說明。」

「原來如此。確實，即使沒有魔法師執照，光是擁有魔法因子就會受到各種限制……」

「是的。我認為這是了不起的志向。老實說，開發戰略級魔法，至今將魔法師當成兵器的錢德拉塞卡博士居然有這種想法，我感到很意外。」

以蕾娜為中心組織的ＦＥＨＲ，目的也是保護魔法因子的擁有者。「ＦＥＨＲ」這個名稱是「Fighters for the Evolution of Human Race」（人類進化守護戰士）的簡稱。認為魔法是人類在進化過程獲得的因子，保護人類的進化種——魔法因子擁有者不受歧視或迫害，ＦＥＨＲ就是這樣的結社。雖然目前是合法組織，不過為了達成目的，組織成員也不惜動用非法暴力手段。一反別名「聖女」的領袖形象，ＦＥＨＲ是這種思想激進分子的集團。

沒有親自站上第一線，將魔法師放進「戰略級魔法」這個系統打造為兵器的軍事魔法學者錢德拉塞卡，即使她自己擁有魔法因子，在蕾娜他們FEHR的成員眼中，也只是將同伴改造成道具的敵人。不，既然軍事魔法學者擁有魔法因子，對他們來說就可以稱為叛徒。

「先不提博士過去的所作所為，正確的思想與概念都應該尊重吧。今後我希望我們結社也將魔法因子保有者稱為『魔法人』。」

「這樣挺不錯的吧。我覺得很簡潔，而且新的類別也適合使用新的名稱。」

遼介立刻表明支持蕾娜的想法。不只是他，只要蕾娜說想要這麼做，FEHR大多會直接採用。「精神領袖」與「獨裁者」表面上幾乎同義，條列兩者的特徵也會有許多項目一致。說到兩者的差異，非獨裁者的精神領袖會對於無條件的肯定感到不對勁。遼介絲毫不加思索就同意她的提案，這個反應使得蕾娜以不自在的咳嗽聲掩飾困惑。

「如果魔法人協進會這個組織和公告的內容相符，應該不會和我們FEHR產生利害衝突。假設他們表面宣稱不受任何國家影響，卻在背後接受IPU撐腰，該組織也需要相應的時間才能獲得實質的影響力。」

這段話來自她自己以及FEHR的實際經驗。FEHR在二〇九五年十二月誕生，是魔法師為了對抗過度激進的人類主義與保護自身權利而成立的互助組織。雖然成立至今進入第五年，不過在經過整整三年的去年，才終於在USNA北部獲得相當程度的「合法」聲量。不過這也依然僅止於市政府的層級，別說聯邦政府，甚至無法影響州政府。

「不提這個，問題在於魔法人聯社。因為司波達也先生擁有可能撼動世界的實質力量。」

在蕾娜心目中，達也是評價兩極的人物。

從負面角度來看，他親自展示魔法師可以成為強大的戰力或兵器，引得各國想將魔法師當成道具據為己有，刺激國家的擁有慾。

從正面角度來看，他藉由恆星爐技術的開發而建立根基，使得魔法師不再只是政府豢養的士兵，而是可能在經濟上擺脫國家自立的存在。

雙方面的實績都過於巨大，達也今後想做什麼？以結果來說會帶來何種未來？對我們來說是有益還是有害？蕾娜別說判斷，甚至無從推測。

「他到底想做什麼……遼介，你可以幫我調查嗎？」

聽到蕾娜這個「委託」，遼介稍微歪過腦袋。

「我嗎？如果這是您的『命令』，我不會拒絕，但是我的能力不適合調查啊？」

遼介這段話不是謙虛，單純是事實。除了某個特定的魔法，他不太擅長其他魔法。而且他拿手的這個魔法只能用在直接的戰鬥，而且是適合隻身突擊敵軍的戰法，不是可以應用在探敵、狙擊或拆除陷阱等諜報工作的戰鬥技能。

「嗯，我知道你的專長領域。」

蕾娜暫且認同遼介的主張，立刻說下去：

「我希望你成為魔法人聯社的職員。」

「……臥底調查嗎？」

沒掩飾意外感的遼介問完，蕾娜點了點頭。不只外表，她連舉止都真的像是少女。或許她是下意識讓言行舉止配合外表。

「你是日本人，肯定比我們美國人更容易進入聯社工作。」

蕾娜在前加拿大領地出生長大，卻在認知上將自己歸類為「美國人」。其他的前加拿大人、前墨西哥人也是如此。

「魔法人聯社有在招募職員嗎……？」

遼介指出這個命令在基本上的不確定性。

「這我不知道。」

蕾娜很乾脆地承認這個計畫的缺陷。

「總之可以搭機去日本試試看嗎？」

不只如此，她沒特別覺得自己有錯，進行像是強人所難的指示。

「知道了，我會盡力而為。」

而且遼介也點頭答應，如同這麼做是理所當然。

◇◇◇

不只是謀略有所進展，組織內部的建設也愈來愈充實。

魔法人聯社的總部在町田的FLT開發第三課隔壁大樓，不過在二十七日的現在還只設置一般的資訊機器。常駐人員的人數還沒確定，所以辦公桌也只搬入兩張。雖然預定在這星期整理好門面，但聯社的行政工作目前都在巳燒島進行。預留當成恆星創能股份有限公司社長室的房間，實際上是魔法人聯社的暫定總部。

即使今天不是假日，達也也沒去大學，而是待在這個暫定總部。時間是下午兩點。預定四葉本家即將派遣聯社的第一號職員過來。

（差不多快到了吧。）

達也剛這麼想，桌上面板就亮起客人來訪的燈號。這棟大樓沒有櫃檯。不，這個時代幾乎沒有大樓附設櫃檯。相對的，訪客自己設定公開範圍的個人情報會顯示在受訪處的終端裝置。顯示在桌上終端裝置的姓名，是達也正在等待的人物無誤。他確認姓名之後操作面板，准許對方進入。

牆面螢幕在同一時間顯示館內監視器的影像。螢幕上身穿女性套裝的人影通過開啟的閘門，依照地板顯示的箭頭前進。記得她在去年已經滿三十歲，但是瀟灑的樣貌從初識至今不曾改變。

雖然不是必須監視的人物，但達也就這麼不經意看著螢幕。她很快就站到這個房間的門前。

呼叫鈴發出的鈴聲取代敲門聲。

達也解除門鎖站起來。

房門開啟，她進入房間。

「午安。」

「午安，藤林小姐。」

訪客──第一號職員是前獨立魔裝大隊的藤林響子。

「達也，不，司波先生，我要稱呼您『司波常務』嗎？還是應該稱呼您『司波社長』？」

她這麼問的原因在於達也是魔法人聯社的常務理事，也預定就任為恆星創能的社長。

「邀請藤林小姐任職的是魔法人聯社這邊，所以在正式場合請叫我常務理事。」

「我知道了，司波常務。從今天起受您照顧了，請多指教。」

「歡迎。藤林小姐願意過來，我覺得吃了一顆定心丸。還有，雖然請您別再直接稱呼我『達也』，不過如果沒有外人，語氣隨和一點沒關係的。」

「知道了，那我就照做吧，常務。」

「嗯，這樣就好。」

藤林露出親切的笑容，達也以溫和表情回應。

達也以手勢邀請藤林去沙發坐。

達也與藤林隔著矮桌坐在沙發面對面。

外型是自走式推車加裝機械手臂的非人型機器端來兩人份的飲料擺在桌上。

兩人同時拿起杯子飲用，差不多一起將杯子放回桌面。

「……話說回來，沒想到姨母大人肯放妳過來。重現至高王座的工作還沒完成吧？」

「至高王座」是四葉家當家四葉真夜偶然獲得並且利用過的超高性能駭客工具。幾乎所有網路資料都能以該工具的性能存取。

如今已經得知「至高王座」是達也在三年前夏天葬送的艾德華．克拉克假裝巧合傳送給監視對象的東西。「至高王座」本身已在艾德華．克拉克死亡的同時停止運作。

「那個計畫中止了。因為梯隊Ⅲ的後門修補好了。」

藤林苦笑回答達也的問題。

「但我認為以藤林小姐的能耐，應該也可以入侵梯隊Ⅲ。」

「可以喔。不過當家大人並不是要求由『我』來入侵吧？」

「確實沒錯。」

「如果要讓所有人都能自由存取全世界的資料，無論如何都需要梯隊Ⅲ那麼大規模的系統。不過製造這種東西所費不貲，不符成本效益。」

藤林輕輕聳肩。

達也深感認同，點了點頭。

四葉家沒有統治世界的野心。能在必要的時候收集到必要的情報就好，不需要存取全世界情報的能力。完全沒有徵兆的威脅並不是那麼常見。

「本業這方面怎麼樣？」

「哎呀，常務您會給我處理本業的時間吧？」

「……嗯，說得也是。」

藤林故意以恭敬口吻反問，這次輪到達也露出苦笑。

藤林的「本業」是真夜給她的研究課題——「解明情報網路的本質」。解析對象不是電子情報的網路，而是情報本身的網路。

「魔法」是將事象原本的情報以假情報改寫的技術。其中當然有著傳達情報的程序。魔法師是下意識干涉萬物的情報網路。

解明情報網路的本質，將成為解明魔法本質的線索。至少真夜是這麼認為才命令藤林研究。達也也贊成真夜的這個意見。雖然和魔法人聯社的業務沒有直接關係，但他不吝協助這項研究。

「需要的硬體也會儘可能備齊，請不必客氣提出要求。資金應該比一〇一旅的時代充裕。」

聽完藤林對於問題的回答，達也不只是點頭還如此補充。

「謝謝。那就靠你了。」

藤林淺淺一笑。

恆星爐設施事業有許多大企業參加。不只如此，USNA也匿名提供資金。比起處於準戰時狀態卻只能分享……更正，只能爭奪有限預算的國防軍部隊，若是和戰鬥沒有直接關係的裝備，可以期待這邊享有充裕的預算。藤林也不難想像這一點。

「那麼，關於藤林小姐的工作條件……」

達也改變語氣，藤林端正姿勢。

「這邊已經準備好書面資料。」

達也不是將電子媒體，而是將紙本文件放在矮桌。

藤林拿起來仔細閱讀。

「……報酬很夠。」

藤林正如字面露出毫無不滿的表情點頭，但她有點納悶。

「……上班地點是巳燒島嗎？」

「是的。這邊會準備員工宿舍。町田的總部每天定時有小型VTOL來回，所以也可以通勤……不過這樣體力可能會有點吃不消。」

聽到達也的回答，藤林露出思索的表情。

「……你說的ＶＴＯＬ預定一天來回幾趟？」

「不是來回，是町田與巳燒島同時有一架起飛。預定有八點、十一點、十五點、十七點共四班。」

「假日的班次呢？」

「假日也一樣。」

藤林閉上雙眼微微點頭。這個動作與其說是對達也表態，更像是在內心自問自答。

「……我決定借住員工宿舍。」

「那就以這個條件聘用。今天就可以入住員工宿舍，要看一下房間嗎？」

「好的，請務必。」

達也點頭起身。

他就這麼站著操作辦公桌的面板。

『達也大人，請說。』

桌上揚聲器發出年輕男性的聲音回應。和我年紀差不多吧？藤林從這個聲音推測。

「兵庫先生，請帶領藤林小姐到員工宿舍。」

依照達也說出的名字，藤林得知無線通訊的對象是誰。

她三年前秋天從國防軍退役之後，在四葉本家任職為研究員。不只和四葉家的主要雇傭們都有交流，即使是沒常駐於本家的雇傭，她也知道重要人物的名字。

藤林心想，這裡的「兵庫」應該是統括本家私人戰鬥部隊的花菱管家兒子——花菱兵庫。

『遵命。屬下立刻過去。』

即使知道名字也不曾見過。會是什麼樣的人物呢？她沒什麼特別用意如此思考。

◇ ◇ ◇

為藤林準備的員工宿舍不是位於廠房所在的東部沿岸地區，是在四葉家設施群聚的西岸大樓群。不是包括達也別宅的四葉一族專用住宅大樓，是旁邊的工作人員專用大樓其中一戶。

雖說是工作人員專用，構造與裝潢卻不馬虎。兵庫介紹的房間即使以藤林的品味判斷，看起來也十分舒適。

「藤林大人，您意下如何？」

後方傳來的聲音引得藤林轉身。

為了避免妨礙而和她稍微保持距離待命的兵庫，語氣與態度都恭敬得無從挑剔。不過藤林直覺認為兵庫「不是如外表所見的斯文男性」。

「——完全沒有不滿。能借住這麼好的房間，我反倒過意不去。」

藤林的歷練當然也沒淺到將想法顯露於態度。她裝出前軍人會有的耿直表情回答兵庫。

「此外可以別叫我『大人』嗎？我和你都是司波常務的部下，在這方面平起平坐。被你尊稱『大人』會覺得怪怪的。」

「平起平坐是嗎……說得也是。」

兵庫若有所思般只點頭一次，立刻露出看似客氣又誠懇的職業笑容。

「我們彼此努力成為達也大人的助力吧。」

兵庫就這麼維持笑容，以表面上解釋為激勵的話語回應藤林。

「呃，嗯。」

藤林背脊竄過一股不明的惡寒。

◇　◇　◇

藤林看完員工宿舍回到臨時社長室時，已經是下午三點多。

准許入內的燈亮著。藤林一開門，達也就從辦公桌後方對她說「藤林小姐，妳來得正好」。

光靠這些情報當然不知道是什麼事。藤林不禁在踏入房間一步的位置停住。

「請坐。」

「好的……」

藤林沒能理解狀況，就這麼聽達也的話，坐在剛才那張沙發。

「我正在通訊，那傢伙應該想和妳說說話。」

達也說著操作辦公桌的面板。

牆面螢幕以中景鏡頭（從腰部到頭頂的範圍）映出一名青年。

「光宣！」

認出是誰之後，藤林不禁大喊。

九島光宣。前十師族九島家的么子，藤林的表弟。為了拯救一名少女而自願成為妖魔「寄生物」，據說已經被達也除掉的少年。

『響子姊姊，好久不見，久疏問候。』

藤林從光宣的輩分來看是表姊，但光宣從以前就經常稱呼她「響子姊姊」。

「你活著啊……太好了。」

藤林差點發出嗚咽聲。

『原來姊姊覺得我活著是好事……謝謝。』

光宣雙眼看起來溼潤，這應該不是錯覺。

「你現在在哪裡？」

藤林會這麼問可說是順其自然吧。

在四葉家也只有極少數人知道光宣的處置。藤林在四葉家是真夜的直屬部下，卻沒包括在這「極少數人」之中。

『這個嘛……』

光宣之所以支支吾吾，是因為他明白自己的立場。

「光宣現在在外太空。」

達也代替猶豫回答的光宣，回答藤林的問題。

「外太空？」

達也不知何時坐在正對面，藤林看向他以眼神要求說明。

「光宣住在高度約六千四百公里，沿著回歸軌道運行的太空站。」

「太空站？有人太空站已經半世紀以上沒被運用了吧？」

「畢竟全世界沒空做這種事啊。」

如達也所說，在全球開始正式寒化的時間點，當時的超大國也沒有餘力運用有人太空站了。設立有人太空站的意義，原本就偏向科學上的實驗目的。像是當成無重力空間的實驗設施，或是用來派遣探測船前往火星、金星或太陽系外行星的試作型平台。

以實用範圍來說，使用無人的人造衛星就綽綽有餘，即使基於軍事目的也不必有人常駐。最後一個用來讓人長期滯留一個月以上的人造衛星（不用說，太空站也是人造衛星的一種）是二〇四〇年代由ＵＳＡ——現在的ＵＳＮＡ發射之後以失敗收場的對地攻擊飛彈平台，之後就消失超過半個世紀。

換個說法，光宣現居的「高千穗」是相隔約半世紀再度送上衛星軌道的太空站，是現在唯一實際運用的「可以長期滯留在外太空的人造物」。

「為什麼……不，說得也是。」

藤林原本想問「為什麼光宣在那種地方」，卻將這個問題吞回肚子。因為她也很清楚這個國家沒有光宣的容身之處。

「話說常務，你居然成功發射可以住人的太空站到外太空了。」

此外藤林沒問「太空站是不是達也發射的」。除了達也沒人會打造並且實際運用這種東西。她下意識做出這個結論。

「不是發射上去的。」

「咦？這是什麼意思……」

「這部分晚點說明。每次可以通訊的時間有限，現在先和光宣聊聊比較好吧？」

藤林露出被點醒的表情，轉身朝向牆面螢幕。

被閒置至今的光宣在螢幕上掛著苦笑。

「對……對不起，光宣。那個……過得好嗎？」

『嗯。託姊姊的福……這麼說也有點怪，但是不會像以前那樣病倒了。』

「這樣啊……」

藤林的心境很複雜。她深深同情光宣不願透露的體質，看著光宣在床上寂寞的樣子就感同身受般難過。像這樣看見變得健康的光宣，就覺得無法全盤否定光宣拋棄人類身分成為寄生物的愚昧行徑。

不過這個愚昧的行徑招致「殺害爺爺」的悲劇。這肯定害得光宣自己內心受到重創，而且成為被追捕的對象，失去在日本的容身之處。

「那個……住起來怎麼樣？」

『很舒適喔。水、電、空氣都很充足，還以人造聖遺物產生1G的重力。有時候甚至不知道自己身在外太空還是地面。』

「不過是在太空站裡面吧？不會很小嗎？」

『不，而且房間數量很夠，兩個人都用不完。』

看來沒有不方便的地方。藤林在暫時放心的時候察覺某件事不對勁。

「……兩個人？」

藤林疑惑低語，引得光宣靦腆一笑。

『其實我和女友一起住。』

「女友？你說的『女友』是女朋友？」

藤林就像是光聽發音差點聽不出「女友」的意思，光宣則是正確理解她的問題。

『嗯，是啊。』

「對方是誰？我認識的女生嗎？」

『嗯，我想響子姊姊應該記得……水波小姐。』

畫面中的光宣朝側邊招手。

表情比光宣還要害羞的少女進入鏡頭範圍。

她不知為何身穿深藍色連身裙加白色圍裙，講得好懂一點就是侍女服。

『她是我的，那個……是搭檔。』

說到「搭檔」的時候，光宣羞澀地臉紅。

她是櫻井水波。前四葉家……應該說深雪的侍女，也是守護者候選人。光宣不惜拋棄人類身分也想拯救的少女。

畫面中的水波臉蛋比光宣還要火紅。

『我是櫻井水波。久疏問候……』

隔著螢幕也看得出她害羞到只能說出這句話鞠躬。

「啊，嗯，好久不見。」

藤林只對水波這麼回應，大概也在慌張吧。

「……你們晚上一起睡？」

而且大概是沒有餘力選擇合適的形容方式，藤林向光宣提出這個過於直接的疑問。

『沒有一起睡啦，怎麼可能！』

『……………』

光宣驚慌失措，水波低頭不發一語。兩人的純情程度不像是今年滿二十歲，但是他們曾經沉睡三年，容貌也和當時一模一樣。考慮到這是十七歲的反應，或許就沒那麼奇怪。不過純情的個性完全沒變。

『是同居，同居！寢室目前還是一人一間！』

「目前還是……？」

三十歲單身沒男友的藤林給光宣一個白眼。

『呃，不，那個……』

說來可憐，感覺光宣隨時都會冒汗，甚至是冷汗。

「要不要和水波辦婚禮算了？」

此時達也進行支援射擊。不，對於光宣來說或許是落井下石。

至少水波看來遭受致命一擊，就這麼低著頭動也不動。

『……結……結婚應該是達也先吧？』

以光宣的角度來看，這應該是他竭盡所能的反擊。

「我預定在深雪大學畢業之後舉辦婚禮。」

但是無法對達也造成傷害。

「光宣你肯定沒在等待哪個時期到來。這邊可以幫你安排婚禮喔。」

『……請饒了我吧。』

總覺得有點脆弱過度，不過光宣舉白旗投降了。

藤林為了搬家而離開房間之後，達也與光宣再度隔著畫面相對。

「光宣，繼續剛才的話題吧。」

『好的。先說結論，要改變高千穗的高度應該很難。一旦降低高度就難以回到原本軌道。』

「不是不可能吧？」

『只靠我一個人的話不可能。和水波小姐合力也不夠吧。我想至少還要有兩位魔法力匹敵深雪小姐的人。』

達也和光宣正在討論是否能將高千穗從太空站改為真正的太空船來運用。不只是在預先設定的軌道運行，還能在地球上空自由飛行的可能性。

高千穗和飛行車一樣內建利用地球重力的移動系統。地球重力以原理來說也作用於衛星軌道上，那麼肯定也可以隨心所欲地停止、加速或轉向。但是實際上「衛星在沒有推力的狀況下，只要沒受到母星以外天體的重力作用，就只會在同一軌道運行」這個情報的定義力太強，至今只能在被認定是誤差的範圍內變更軌道。

「這樣啊……那麼在同一高度上的移動呢？」

光宣剛才刻意強調「改變高度很難」，沒否定水平移動——在同一高度座標之間移動的可能性。

聽到達也這麼問，光宣露出像是「你發現了嗎」的壞心眼笑容。

『只是暫時變更軌道的話做得到。』

「只要加上回到原本軌道的條件就行得通是吧。」

『是的。我大致試算過，若是在南北方向各三十度以內的範圍就可以移動。』

「高千穗的軌道傾角是三十度。隨時都可以移動到赤道上空嗎……除了北極與南極都可以隨時對應吧。」

『嗯，應該可以。』

達也作勢深思數秒之後微微點頭。

「知道了。我試著朝這個方向建構啟動式吧。或許會花點時間，完成之後幫我測試。」

『好的，請交給我負責。』

光宣懷抱自信允諾之後，以笑容露出期待感。

『順利的話，就可以盡情偷渡進入全世界任何國家了。』

現代魔法一般都是使用術式輔助演算機（CAD）發動，但輔助手段不只是ＣＡＤ。例如可以將魔法式轉變為幾何學圖樣刻在感應性合金，再將想子注入合金發動魔法，這種做法叫做「刻印型術式輔助」，別名「刻印魔法陣」。這種做法的缺點在於魔法式的情報量龐大，要製作成幾何學圖樣需要莫大的勞力，而且一個刻印魔法陣只能發動一種魔法。不過光是注入想子就能輸出魔法式是一大優點。這個優點獲得青睞，即使是現在，在強化建築物構造之類的場合，也會使用這種刻印魔法陣。

巳燒島西南部的地下三十公分處，祕密設置了一個直徑兩百公尺的大規模刻印魔法陣。刻在該處的魔法式是「疑似瞬間移動」。

雖然規模較小，不過高千穗的內殼也刻著「疑似瞬間移動」的魔法式。

高千穗與巳燒島能以各自設置的刻印魔法陣發動疑似瞬間移動相互連結，取名為「虛擬衛星電梯」。雖然只限於能從巳燒島看見高千穗的時候使用，不過經由這座虛擬衛星電梯，高千穗可以自由接受物資補給。

這座虛擬衛星電梯，如果是人類程度的質量，不必使用地面的刻印魔法陣，使用高千穗的刻印魔法陣就可以提供往返。也不需要在高千穗位於目的地正上方時使用，只要視線看得見就好。

只要高千穗的水平移動實驗成功，那麼如光宣所說，將可以經由高千穗傳送到全世界任何地方。疑似瞬間移動無法穿牆，只能移動到高千穗的表面而不是內部。雖然必須預防真空的危害，不過疑似瞬間移動的魔法原本就包括「將移動對象包覆在空氣繭」的工序，只要以魔法將空氣繭固定在自己周圍就能解決這個問題。

可以移動到全世界的任何地方——而且只要不是被關在地下或建築物內部，也可以從全世界的任何地方脫離。

[3] 校園生活

達也是魔法大學的學生。雖然已經無法斷言本業是學生，但即使擔任NGO的副代表、就任為一般社團法人的常務理事，又被提拔為新公司的社長，達也本人也沒有輟學的意願。

魔法人聯社成立的兩天後，達也相隔約一週再度到校，向虧欠至今的教授低頭道歉，某些不接受從校外網路繳交的課題報告也趁今天整理繳交，還要下載新的課題等等，勉強在上午追上一星期的進度。

時間剛過正午。校園內有許多學生熱鬧不已。在籍的學生約三千人。雖然不到人滿為患的程度，卻擁擠到很難找到沒有人影的場所。達也在人群中走向和深雪等人會合的場所。

途中遇到女學生比例較高的集團。位於中心的是一条將輝。看來將輝和達也不同，正在盡情享受大學生活——只不過，達也有深雪這個無懈可擊的未婚妻，將輝被眾多異性圍繞卻沒有固定的交往對象，若問誰的現實生活比較充實，眾人的意見將會分歧吧。不過兩名當事人的意見肯定是一致認為「達也比較充實」。

將輝也注意到達也了。不過兩人沒有彼此搭話，只有稍微舉手示意自己沒有無視於對方就擦身而過。將輝大概察覺到達也正要和深雪會合，卻沒有獨自鑽出身旁的人群，他做不出這種不識相的舉動。

然而並不是所有人都這麼識相而盲從。

「哎呀，達也先生。」

經過十字路口的時候，熟悉的聲音從側邊向達也搭話。

「亞夜子。」

黑羽亞夜子。她也和雙胞胎弟弟文彌一起就讀魔法大學。

「總覺得好久不見了。明明住得很近。」

亞夜子與文彌居住的中型公寓和達也、深雪與莉娜居住的四葉東京總部大樓相隔一個區塊。其實這棟公寓也是四葉家的資產。是為了在東京總部大樓因故無法使用時當成副總部而收購改造的建築物。

因為就在附近，所以發生「狀況」時便於移動。不過從分散風險的觀點來看，應該要位於更遠的地方吧。方便性比風險優先，這或許反映了四葉家看似過度的自信。

亞夜子所說「住得很近」這四個字，引起她身後集團一陣騷動。她帶著一大群男學生，和將輝成為對比。

「說得也是。明明住得近，卻意外沒什麼機會見面。」

達也不經意強調「少有機會見面」這個事實。目的是沖淡亞夜子身後男生集團的嫉妒。她以「公主」的身分率領這個以同年級為核心成員的小團體。

比達也小一屆的還有香澄與泉美，不過這兩人真要說的話是受到同性的疼愛。異性的人氣度是亞夜子略勝「七草家的雙胞胎」一籌。

香澄與泉美給人的印象，老實說和高中時代沒什麼兩樣。兩人的變化頂多就是化妝時變得毫不馬虎，以及不再使用緞帶綁頭髮吧。

相對的，亞夜子將長髮剪成有層次的中長髮，妝容與穿著也變得比較成熟，小惡魔的印象愈來愈強烈。若問誰的外表比較時尚，即使站在客觀角度也不得不說亞夜子勝出。

「達也先生，接下來要吃午餐吧？我可以一起嗎？」

亞夜子走到達也身邊撒嬌。

只不過，達也不會因為這樣就慌張。亞夜子也明白這一點，她不是在逗達也，而是在逗那群跟班的男生。真的是小惡魔。真的是壞女人。

「我不在意就是了……」

達也說著看向亞夜子帶領的男生們。

亞夜子故意喊著「啊啊！」點頭轉過身去，以有點做作的方式向他們行禮。

「各位，不好意思，今天午餐我要和表哥一起吃。」

達也與亞夜子是從表兄妹的關係，但是亞夜子不知道是嫌麻煩還是怎樣，大多介紹達也是她的表哥。達也介紹亞夜子或文彌的時候，一定會說明是從表妹（從表弟）。

達也他們並非擅自這麼做。趁著文彌與亞夜子成為大學生，四葉家不再隱瞞兩人是自家的魔法師。或許這麼多男生成為跟班的原因不只是亞夜子漂亮，也是企圖和四葉家建立交情。

亞夜子的跟班們發出不滿的聲音。但是沒人當面抱怨，也完全沒人槓上達也。考慮到他們想和四葉家維持良好關係，這種反應也沒什麼好奇怪的。

總之，即使沒有這種非分之想，肯定也沒人膽敢對抗達也。除了高中時代就認識的朋友，同樣就讀魔法大學的學生都對達也敬而遠之。達也在三年前夏天向世界下戰書的那個事件，對於魔法界的人們來說記憶猶新。

——二〇九七年八月四日。伊豆群島最新的島嶼巳燒島，被USNA的「叛亂部隊」與新蘇聯軍攻擊的那一天。

『我希望魔法師和非魔法師的人們和平共存。但是在為了自衛而需要動用武力的時候，我絕對不會猶豫。』

和四葉家精銳部隊一起擊退兩國軍隊侵略的達也，透過全球衛星網路向世界發布這段訊息，同時展現實力證明自己做得到——

「達也先生，我們走吧？」

亞夜子的右手順暢挽住達也的左手臂。跟班們發出壓低音量的哀號與不甘心的呻吟。但是亞夜子頭也不回，當作這一大群男性友人不存在，催促達也移動。

三名女學生正在會合的美食區等待達也。不，圍坐在餐桌旁的是三人沒錯，不過等待達也的嚴格來說只有其中兩人。

等待會合的兩人不用說，正是深雪與莉娜。亞夜子在認出她們身影的同時放開達也的手臂。坐在桌旁的另一名女學生是泉美。香澄不在場。和高中時代不同，泉美與香澄變得經常各自行動。尤其進入這個學年度，選修科目不同之後，兩人幾乎都是各忙各的。

「哎呀，七草同學。」

「啊，黑羽同學。」

亞夜子與泉美都因為對方意外登場而做出吃驚的反應。這兩人自從在前年九校戰激戰之後，就一直將彼此視為勁敵。

當時交手的競賽項目是幻境摘星，獲勝的是亞夜子。

泉美單純是因為敗北。

亞夜子是因為在自己享有絕對優勢的競賽項目，直到最後一刻都被緊追不捨。

所以兩人不得不意識到彼此的存在。

「沒想到七草同學在這裡。」

「我才要說，在這裡遇見黑羽同學，真是出乎我的預料。」

深雪她們坐的是四人桌。空椅子剩下一張。

「黑羽同學，謝謝妳帶司波學長過來。」

「不不不，我才要感謝七草同學在這裡陪深雪小姐。」

亞夜子與泉美的話語最後都省略了同一句話。也就是——沒妳的事了，所以妳可以離開了。

泉美不肯離席，亞夜子冰冷俯視她。

深雪與莉娜轉頭不看她們兩人。明顯是「不想介入」的態度。也可能是「隨她們高興」。

對於這兩人的冷漠態度，不只是亞夜子，泉美似乎也不在意。現在她們的眼中恐怕只有面前的勁敵吧。

「……黑羽同學，不巧椅子只剩一張耶？」

泉美過度謙恭地告知這個明顯至極的事實。

「嗯，看起來是這樣沒錯……七草同學想和達也先生共進午餐嗎？」

相對的，亞夜子的話語伴隨著揶揄的語氣與捉弄的眼神。

「呃……！」

泉美的冷靜面具先被打破。

「那……那麼黑羽同學，妳呢？」

「我嗎？我當然希望可以和達也先生一起喔。」

亞夜子以從容的笑容回應泉美。

「……既然這樣，妳要不要和司波學長一起找別的位子坐？」

泉美停頓片刻重整態勢，以捉弄的語氣反擊。

「不顧四葉家下任當家的深雪大人在場，單獨和達也先生共進午餐，這我可擔當不起……」

亞夜子故意以單手按著臉頰。

「同樣出身於四葉一族的我，獲准和深雪大人與達也先生共桌用餐，真的是我的榮幸。不過如果七草同學無論如何都想和達也先生一起，我就把這個機會讓給妳吧？」

「…………！」

泉美臉蛋微微泛紅。仔細一看，她緊握的拳頭在顫抖。

也就是勝負已定吧。

「——深雪學姊，請容我先告辭了！」

泉美從座位起身，別人還來不及叫住就快步離開。

半起身的深雪坐回椅子上，朝亞夜子投以略帶責備的視線。

「……亞夜子和泉美真的是水火不容啊。」

達也不只是以視線，還以傻眼的語氣委婉規勸亞夜子。

「我不討厭七草同學。我是把她視為勁敵。」

亞夜子以辯解般的語氣說完，向深雪微微低頭。

「抱歉打擾到各位了。我將氣氛破壞到不必要的程度，所以今天也容我先告退吧。」

看來亞夜子也反省自己做得太過火了。

「……我知道了。亞夜子小姐，改天再一起吃飯吧。」

深雪沒慰留亞夜子。她也知道，即使就這麼同桌用餐，也只會讓亞夜子覺得不如泉美，或者是累積更多的罪惡感。

「好的，請務必。」

亞夜子笑咪咪鞠躬之後，從達也等人的面前離去。

◇◇◇

吃完午餐，達也出席研討會。深雪與莉娜也參加同一個研討會。

達也除了大學課程還有很多事情要做，自知無法像其他學生那麼認真出席，所以選擇了在各方面便於通融的研討會。具體來說是四葉分家之一的津久葉家下任當家——津久葉家夕歌直到去年所屬的研究室。

教授東山知時沒隸屬於四葉門下，卻有血緣關係，是達也與深雪高祖父（祖父的祖父）的孫子。年齡剛好是六十歲。雖然沒有開發戰略級魔法之類的亮眼成果，但在腳踏實地累積研究實績的魔法學世界受到國際上的高度評價。

出席狀況不甚理想的達也能繼續待在這個研討會，坦白說都是靠關係。提供研究資金給東山教授的東道青波是四葉家的贊助者，也是達也個人的後盾——為求謹慎補充一下，夕歌沒依賴東道的關說。東道不是為了四葉家，是為了達也才給這個方便。

在教授眼中，達也雖然經常缺席，卻會好好繳交報告，也成為自己研究上的助力，所以並不是壞學生。今天東山也將其他學生晾在一旁，和達也重複進行一個多小時的問答。其他學生掛著苦笑聆聽兩人的議論，已經成為這間東山研究室的著名光景。

◇　◇　◇

就像這樣，達也在大學姑且是以大學生的身分度過，不過一回到自家，學生身分以外的比重就會增加。達也返家之後，等待他的是來自兵庫與藤林從不同角度報告相同內容的電子郵件。

達也閱讀之後忍不住板起臉。

「達也大人，您怎麼了？收到什麼不好的消息嗎……？」

連發問的深雪也眉頭深鎖，達也的表情就是這麼不悅。

「七草家的長女好像想來聯社任職。」

「咦！七草學姊嗎？」

達也的回答令深雪睜大雙眼，猛然摀住自己的嘴。

[4] 新人面試

（沒什麼變啊。）

四月二十九日。相隔五年回國的遠上遼介走出機場的第一個感想就是這個。

沒什麼負面的意思。東京看起來和五年前一樣和平。

從國家整體來看，這五年肯定數度暴露在侵略危機之下。他前往美國的不久之前，距離東京不遠的橫濱也遭受武裝游擊隊的攻擊。後來遼介也看到日本遭受北方侵略的新聞。

他居住五年的USNA沒遭受外國的侵略，但是前墨西哥領地各處發生暴動，差一點就演變成內戰。暴動的原因是人種……更正，是種族的對立。

不會使用魔法的多數派，以及會使用魔法的魔法人相互對立。在這個時間點，「多數派」還不是「無法使用魔法的多數派人類」的意思，「魔法人」這個稱呼也沒普及，不過意思相同。多數派攻擊魔法人。魔法人的反擊不只是至今的合法或非暴力手段，動用暴力的對抗也零星可見。

遼介相隔五年見到的東京街景，沒有侵略的爪痕或暴動的痕跡。他不認為這樣的和平可以永遠持續下去。

◇　◇　◇

深雪與莉娜在魔法大學選修一樣的課。實習也是一樣的時段。

兩人的每週四上午都是空堂。

她們在露天咖啡廳進入稍微提早的午餐時光。

這裡的餐點分量對於男學生來說不太夠。不過今天達也請假沒來大學。達也不在的日子，深雪與莉娜都會光顧露天咖啡廳。

深雪找位子，莉娜去拿兩人份的托盤。這兩個職責不是固定的，而是輪流。今天輪到深雪在座位等待。

「深雪學姊！」

深雪變成獨自一人時，一個開心的聲音向她搭話。

「泉美學妹。」

聲音來自昨天被迫飲恨撤退的泉美——題外話，深雪稱呼亞夜子為「亞夜子小姐」，卻稱呼泉美為「泉美學妹」，這是來自泉美本人的強烈要求。深雪在大學再度見到泉美時，原本想改為稱呼她「泉美小姐」這個稱呼，不過泉美懇求深雪使用高中時代的稱呼。

目前深雪稱呼為「學妹」的大學生只有泉美。也就是從某方面來說成為深雪的「特別」。或許這就是泉美的企圖。

「那個……今天方便一起用餐嗎？」

語氣有點顧慮，肯定是因為昨天的事情還放在心上。

「嗯，可以喔。因為今天達也大人也請假。」

深雪掛著笑容點頭，泉美表情隨即變得開朗。

「好的，那我打擾了。」

泉美以語尾像是附帶音符的開心聲音說完之後行禮，將包包放在空位。

「深雪學姊，我們一起去點餐吧？」

「沒關係，我請莉娜幫我點了。」

「我知道了。那我去點自己的份。」

泉美像是不想浪費一分一秒，快步前往點餐櫃檯。

深雪與莉娜每天都會同桌用餐。但是並非一定只有她們兩人一起用餐。在達也缺席的日子，和其他女學生共桌閒聊享受午餐時光並不是稀奇的事，只有她們兩人的日子反而比較少。

泉美這時候前來會合，老實說也不稀奇。即使如此，泉美也像是中樂透般將喜悅寫在臉上，頻頻向深雪搭話。當然也不忘將話題轉給莉娜聽她怎麼說。

大概是聊個不停用完話題吧，午餐時間快結束時，泉美拿出達也當話題。

「司波學長今天忙工作嗎？」

「達也大人待在町田的總部，面試想進來工作的人。」

「既然在町田，那就是魔法人聯社的工作吧？」

泉美確實掌握達也的——更正，深雪未婚夫的情報。

「今天來面試的是什麼樣的人？」

聽到泉美這麼問，深雪與莉娜回以疑惑的視線。

「請……請問怎麼了嗎？」

「泉美，妳不知道嗎？」

即使聽到莉娜這麼問，泉美也毫無頭緒。

莉娜和深雪轉頭相視。深雪以眼神同意莉娜說下去。

「今天來聯社面試的人是真由美。」

「是姊姊大人嗎！」

泉美吃驚的樣子，看起來不像是裝出來的。

「……妳真的不知道？」

「這麼說來，家父和姊姊說過這件事……不過才三天前啊。即使是家父也很難這麼快……」

泉美將「姊姊大人」改口為「姊姊」回答。

「不愧是七草家的當家，辦事速度真快。」

深雪以平淡語氣自言自語般這麼說。

「……那個，您沒生氣嗎？」

泉美戰戰兢兢詢問深雪。

「我不會氣妳。」

深雪以不帶陰影的笑容回答。

這張笑容沒有半點陰影，卻反而激發泉美的不安。

「泉美。令尊說這件事的時候有提到理由嗎？」

「理由？」

泉美的意識依然在注意深雪的真意，但是聽她這麼問就不能當成沒聽到。

「是的。派真由美進入聯社的目的。」

「……家父說想知道司波學長要做什麼事。」

聽完泉美的回答，莉娜歪過腦袋。

「這種事，直接問本人不就好了？而且聯社的目的，達也很快就會主動公布，不然設立法人就沒意義了。如果有祕密的目的，組織最好也要對外保密。如果需要檯面上的門面，達也早就有了。七草家當家應該不會不知道這種程度的事吧？」

莉娜這些指摘，重新思考的話就覺得都很中肯。泉美也這麼覺得。

「……真由美她知道嗎？」

「家父的意圖嗎？」

泉美反射性地反問，莉娜默默點頭。

「我想姊姊什麼都不知道……」

泉美的語氣沒什麼自信。七草家的親子感情降到冰點。弘一最疼愛的不是別人正是泉美，但是連泉美都覺得和父親之間有一道隔閡。泉美不認為姊姊會協助父親的陰謀。

但是另一方面，也無法否定反向的可能性。她們自己——也就是泉美與香澄，不太關心七草家的利益或是十師族的責任義務。雖然不想主動拋棄得天獨厚的境遇，但若是反過來變成弊大於利，她們應該會輕易放棄「七草家的女兒」這個立場吧。

然而姊姊不一樣。從兄弟姊妹的交情來看，泉美認為被「十師族的責任義務」這副枷鎖套得最牢的人不是大哥智一，是姊姊真由美。即使不想為父親效力，要是搬出「十師族的職責」這個理由，姊姊或許會服從。泉美無法否定這個可能性。

「真令人在意……深雪，妳不這麼認為嗎？」

「是啊。雖然不是懷疑七草學姊……」

莉娜與深雪都不認為真由美會企圖暗中妨害。但是既然猜不到目的，就無法完全放心。

「──深雪，要去看看嗎？」

「咦，去哪裡？」

「町田的聯社總部。面試是兩點開始，所以現在過去的話時間還很充裕。妳是理事長，我雖然只有掛名卻也是理事，就算列席也不奇怪。」

「下午的課怎麼辦？」

「請假一次不會影響成績啦。因為別人也會為了工作請假不上課。」

如莉娜所說，魔法大學的學生，尤其是含數家系的子女，常常被派去幫忙家裡的工作而缺席沒上課。大學校方也理解這一點，只要沒頻繁過度就不會多說什麼──此外達也已經過於頻繁缺席而被盯上了。

「可是今天下午也有實驗課耶？」

「如果在意報告的事，請達也幫忙不就好了？」

「怎麼可以勞煩達也大人做這種事……」

「對達也來說，學生的報告連舉手之勞都稱不上吧？我覺得甚至不會浪費多少時間。」

「……居然這麼說。雖然我認為不可能，不過妳該不會只是自己想樂得輕鬆吧？」

「怎麼可能啦！」

莉娜回答的時候沒有口誤或結巴。

但她的表情只在一瞬間僵住，不只深雪，泉美也沒看漏。

只不過，深雪沒追究這件事。

「——這樣下去確實會在意，或許沒心情上課。」

老實說，深雪比莉娜還在意。

「那個，深雪學姊，再來是在大教室上課吧？我下一節沒課，需要寫筆記的話請交給我。」

泉美立刻開口表示願意協助。在魔法大學，即使去上沒選修的課也不會被趕出教室。只可惜出席再多次也拿不到學分。

「咦，這樣很辛苦吧？我不能連這種事都請妳做。」

不過魔法大學的課程水準沒那麼簡單。二年級的泉美是否跟得上三年級的課程是一大問號。

「不，沒問題的。反正是空堂。」

「是嗎……？不用勉強沒關係喔。」

「好的！」

深雪沒有繼續客氣下去。她也理解泉美的心情——是否能接受就另當別論。

◇◇◇

魔法人聯社相關的公開情報，遼介沒花太多心力就查到了。他對東京的第一印象是和五年前一模一樣，不過資訊基礎建設正緩慢卻確實進步當中。

（可是他們沒徵人啊……）

正如他的擔憂，魔法人聯社沒招募員工。雖說是公開設立的法人，不過這個團體是「那個」司波達也，是「那個」四葉家參與設立的，營運人手應該會從自家人調派吧。遼介在回國之前就這麼預料。

（總之先去看看吧……不管三七二十一了！）

遼介在內心激勵自己，命令行動終端裝置的導航ＡＩ搜尋路徑，前往法務局登錄位於町田的聯社總部。

遼介從最近的小型電車車站轉搭無人計程車，在下午一點五十多分抵達魔法人聯社總部前。

從無人計程車下車的遼介，在導航顯示的大樓前面不知所措。大樓沒掛任何招牌。哪層樓是魔法人聯社的辦事處？還是說整棟都是魔法人聯社的資產？他完全不知道。

原本就沒有預約面試之類的。遼介打算突擊造訪聯社的辦事處。不過現在這樣，他甚至不知道要闖入哪裡。即使想從頂樓依序找起，說起來甚至不知道是否進得了大樓。

如果是身經百戰的業務員，應該敢大膽踏入門後吧。即使會驚動警方，或許也會當成接觸公司人員（魔法人聯社不以營利為目的，嚴格來說不是「公司」）的機會。但遼介別說身經百戰，甚至也不是業務員。

如果是要動用武力的工作，遼介經驗還算豐富。但他從留學的大學中輟，除了FEHR的活動就只有清潔員或警衛的兼職經驗，若問在這種場合該怎麼做，他完全沒有心得。

（管他的，思考也沒用。）

總之進大樓吧。遼介下定決心，準備走向隔離大樓內外的自動門前。

就在這個時候，一名年輕女性從左側超越遼介站到門前。

自動門朝兩側開啟。

這名女性在光學感應器下方停步，轉身面向遼介。

年紀和遼介差不多。嬌小卻具備女性玲瓏身材的美女。而且遼介對她的長相有印象。

（……肯定沒錯，是十師族的七草真由美。）

高中時代的遼介基於某些原因，即使擁有實戰等級魔法技能卻沒能就讀魔法科高中。對於這樣的他來說，同年代（具體來說是小一屆）的她不只是崇拜的對象，更是不得不懷抱複雜心情的對象。

（七草家的她為什麼來到四葉家的關係企業？）

遼介思考著這個問題。

「你不進去嗎？」

所以他沒能立刻聽懂真由美這句話的意思。

真由美對於默默注視她的遼介感到詫異，以一副不想繼續有所牽扯的態度轉身背對。

此時遼介終於回神。

「啊，不，我要進去！」

他連忙朝真由美背後這麼說，快步趕上真由美並肩前進。

「請問妳是七草真由美小姐吧？」

而且這次是遼介主動搭話。

「……嗯，是的。」

真由美會提防是理所當然。遼介也自覺這一點。

「我叫做遠上遼介。比七草小姐大一屆，是沒能就讀魔法科高中的不及格魔法師。」

「遠上先生……嗎？」

真由美以「那又如何」的表情聆聽遼介自我介紹。但她在遼介輕聲說完姓氏之後表情驟變，像是察覺了某些事。

遼介從真由美的表情正確讀取到她察覺什麼事。

「妳猜的沒錯，我的父母是『十神』的失數家系。」

「失數家系」是在打造出十師族的國立研究機構「魔法師開發研究所」開發出來，性能沒能達到期望而被驅逐的魔法師。

從第一到第十的魔法師開發研究所，將冠上自身機構編號的姓氏賜給成品。例如第一研有一条或一色、第二研有二木或二瓶、第三研有三矢或三日月等等。

判定是不良品而驅逐的魔法師，原本獲得的含數姓氏在驅逐時被剝奪，「失數家系」因而得名。被排除在菁英魔法師集團之外，失去原本帶數字的姓氏，所以是「失數」。

被貼上「不良品」標籤的魔法師，照慣例會獲得和原本姓氏音近的另一個姓氏。是的，例如遼介就是從「十神(Toogami)」失數改為「遠上(Tookami)」。

失數家系在日本魔法師心目中是一種禁忌。他們是魔法師開發研究所進行非人道實驗的活證據，對於統治日本魔法界的十師族來說是昔日拋棄同族的罪證。他們的血統會激發無從弭平的罪惡感，因此被視為歧視與避諱的對象，歧視與避諱的歷史又進而加強罪惡感而造成惡性循環。

現代對於失數家系的歧視觀念逐漸淡薄，罪惡感也在平常埋沒於意識底層。

然而罪孽的意識只是隱藏起來，沒有消失。

深植於意識深處，只要一個不經意的契機就會昂首抬頭。

「……遠上先生為什麼來這裡？」

真由美之所以無法忽視遼介，就是因為這份罪惡感。真由美基於自身經歷，比其他的十師族魔法師更重視失數家系的問題。真由美的高中同學，在一高學生會擔任她參謀的市原鈴音也是失數家系出身。

如前面所述，世間對於失數家系的歧視觀念逐漸淡薄，但還是沒有完全消除。不是被研究所驅逐的早期祖先，是真由美他們父母這一帶的近期往事。

失數的他們是少數派，因此無法團結起來以實力對抗，取回自己的權利。唯一的選擇是悄悄躲在世間角落，以免世人發現他們是失數家系。

鈴音鮮少表現自我，凡事都處於退居幕後的立場，真由美認為不只是她天生的個性使然，更是因為失數家系的父母給她強烈的影響。

也因為這樣的友誼關係，所以真由美不能對失數家系視若無睹。

「七草小姐是魔法人聯社的相關人員嗎？」

不知道如何進入聯社而無所適從的遼介，正處於急不暇擇的心態。七草家和四葉家處於對立關係，沒有日本魔法師執照的遼介都聽過這個知名傳聞。魔法人聯社明顯是四葉家的關係團體，他認為這名七草家女兒是相關人員的可能性很低。

「不，該說還不是相關人員嗎……」

「還不是？」

「其實我現在要去接受面試。」

遼介的預測正確。真由美目前不是聯社的相關人員，卻有遼介需要的突破口。

「我也可以一起接受面試嗎？」

「咦咦？」

「拜託！我想在這裡工作！」

「就算你這麼說……但我是接受面試的立場……」

遼介知道自己在強人所難。不過潛入聯社的計畫從一開始就很亂來。不過他們的「聖女」表示需要這麼做，那就必須排除萬難達成目的。這是ＦＥＨＲ成員的義務。

「這部分拜託幫個忙！」

真由美感到為難。她個人很想幫忙做點事，但真由美在聯社這方面毫無權限。做不到的事情就是做不到。

然而在這個時候，幸運女神站在遼介這邊。

「怎麼了嗎？」

大樓入口傳來這個聲音。遼介與真由美轉身一看，是黑髮與金髮的兩名美女。

異次元的美貌使得遼介倒抽一口氣。如果沒有「聖女」蕾娜・費爾這位效忠的對象，自己別說意識，連靈魂都會成為俘虜吧——兩人擁有的美貌都令遼介這麼想。這即使稱為「美」的暴力都不為過。

兩人的美貌沒對真由美造成打擊。不只因為是同性，更是因為真由美認識她們。即使如此還是難免感到意外。

「深雪小姐，還有希爾茲小姐？為什麼在這裡……？」

真由美愕然詢問，深雪朝她露出像是淑女範本的微笑——表面上親切到無懈可擊，卻是猜不透心機的笑容。

「好久不見，七草學姊。我來這裡很奇怪嗎？」

「呃，不……」

深雪加深笑容，真由美感受到難以形容的壓力，無法好好回應。

「深雪，妳這麼問很壞心眼。」

莉娜從旁規勸深雪。

「哎呀，聽妳這麼說就覺得好像沒錯。」

深雪眨了眨眼睛。緊接著，纏在真由美身上的壓力消失了。

真由美悄悄鬆了口氣。深雪散發的氣息不是敵意或惡意，卻令她不得不緊張。

「七草學姊，這位是？」

「我叫做遠上遼介！」

深雪是向真由美發問，不過遼介從旁搶答。他直到剛剛才終於想到深雪的真正身分。

「我無論如何都想在魔法人聯社工作，所以從加拿大回來了！」

這段話引得莉娜蹙眉。現在的「美利堅人」不會將前加拿大領地與前墨西哥領地稱為「加拿大」與「墨西哥」。這個名稱意味著USNA的分裂，被視為禁句。

不過莉娜沒有當場表達不滿。待在USNA的外國人不小心說出以前的國名還算常見。何況這裡是日本，不是USNA國內，她覺得不必吹毛求疵而自重。

「……總之，進去再聽你怎麼說吧。請跟我來。七草學姊也請進。」

深雪無視於櫃檯（當然沒人）直接走向深處的電梯。她身後是莉娜，再來是真由美。遼介在最後面跟著她們，暫且算是成功入侵聯社。

七層樓高的這棟大樓裡，魔法人聯社的辦事處只有六樓與七樓。不過使用其他樓層的也是四葉家關係企業，例如五樓是名義上擁有巳燒島的不動產公司辦事處。

載著深雪他們的電梯停在六樓。

四人以搭乘時相反的順序走出電梯。

深雪經過真由美與遼介面前再度帶頭，莉娜跟隨在她身旁。

達介和真由美並肩前進，同時在腦中思考莉娜的真實身分。

（毫無破綻……）

深雪也毫無破綻到驚人的程度，不過莉娜（達介在這個時間點還不知道她的名字）的背影完全找不到下手的餘地。至少以達介的能耐無從下手。

（原本是軍人嗎？簡直像是STARS。）

他沒有和STARS交手的經驗。不過STARS出動鎮壓前墨西哥領地的暴動時，他有近距離目擊的經驗。前墨西哥領地，北墨西哥州蒙特雷在二〇九七年四月發生的暴動是反魔法師團體引起的，達介他們FEHR不是當事人，但因為「同胞」恐怕會成為暴徒的目標，所以他們前往當地準備在必要的時候以實力介入。

這名金髮美女的背影，令他想起當時目擊的紅髮蒙面女軍官。返回FEHR總部之後，達介得知紅髮蒙面女軍官是那位「天狼星」……

（……這個女人，難道是匹敵安吉．希利郿斯的高手嗎？）

雖然看起來比達介小兩三歲，卻沒冒出瞧不起她的心態。就達介所見，這名女性應該是司波深雪的護衛。即使是為了保護下任當家這樣的重要人物，將可能匹敵安吉．希利郿斯的魔法師用為個人護衛，是奢侈到令人眼花的行為。

（這就是「不可侵犯之禁忌」四葉家的實力嗎……）

為了避免因為戰慄而發抖，遼介非得強烈克制自己。

深雪帶領真由美與遼介來到六樓最深處的房間。

「達也大人，打擾了。」

深雪自己開鎖，在打開的門前恭敬行禮。

「進來吧。兩位也請進。」

達也就站在門口旁邊。不知道是從監視器看見四人，還是隔著門察覺到深雪的氣息。兩者都有可能。

達也的辦公室是個人房。深處是大型辦公桌與附扶手的高背椅。辦公桌前方是會客沙發組。內部不算寬敞，感覺是分公司的社長室或分店的店長室。

「好久不見，七草小姐。」

達也不是稱呼「七草學姊」而是「七草小姐」。大概是考慮到彼此是社團法人常務理事與應徵者的立場吧。

「話說深雪，這位是？」

達也不是直接向遼介搭話，而是向深雪詢問他的身分。帶他來辦公室的是深雪，所以當然會這麼問吧。深雪也立刻回答達也：

「這位是遠上遼介先生。他非常想進入魔法人聯社工作，我想至少可以聽聽他怎麼說，所以帶他過來。」

達也只在瞬間疑惑蹙眉。

但他立刻消去眉心皺紋，以撲克臉看向遼介。

「這樣啊。我要先面試七草小姐，可以請遠上先生在別的房間等嗎？」

「好的。」

遼介除了點頭別無選擇，一臉正經接受達也的指示。

「莉娜，不好意思，可以帶遠上先生去交誼室嗎？」

「知道了。」

莉娜沒露出抗拒表情，點頭回應達也這句話。

「跟我來。」

然後以有點冷漠的語氣對遼介這麼說。

◇　◇　◇

「這邊請。」

莉娜帶遼介離開辦公室之後，達也邀真由美坐在會客區的沙發。

「不好意思……」

達也看著真由美客氣就坐，同時坐在她的正對面。

深雪隨即坐在達也身旁。但是沒有相鄰，只是各自坐在並排的兩張單人沙發。兩人之間也擺著邊桌。這部分也是高中時代之後的變化之一。

「重新說聲好久不見。上次見到七草小姐是在大學畢業前的歡送會，大概隔了兩個月吧。」

「嗯，是這樣沒錯。」

真由美略顯困惑，大概是因為達也不是叫她「七草學姊」而是「七草小姐」所以不習慣吧。

「記得您預定在畢業之後進入投資公司任職？」

「您說的沒錯。」

真由美語氣變得結巴也是在所難免吧。大學畢業至今才一個月，這個時期想要轉職還太早。

「為什麼想要轉職進入敝社？」

雖然是面試必問的問題，不過明知故問或許相當壞心眼。

「因為對貴社的業務感興趣。」

「興趣？」

「是的。有別於魔法協會，司波先生成立了另一個國際性的魔法師……更正，魔法人結社，這樣的您想在日本做些什麼？我不希望只是旁觀，而是想以當事人的身分見證。」

「原來如此。」

達也大幅點頭。不過看起來不像是真的接受。

「七草學姊。」

此時深雪插嘴了。她使用高中時代的稱呼。

「要不要像以前那樣率直說明？學姊來到這裡是令尊七草閣下的指示吧？」

深雪使用「七草閣下」這個稱呼，是依循師族會議的慣例。在十師族之間，稱呼其他當家時會在姓氏後面加上「閣下」。

真由美應該也不喜歡這種互探心機的做法吧。

「嗯。深雪小姐說的沒錯。」

她恢復為以前學生時代的語氣，表明自己願意「率直對話」。

「家父命令我潛入魔法人聯社。」

「為了什麼？」

達也以平靜語氣詢問真由美。

「為了查明達也學弟有什麼企圖。」

聽到真由美的回答，達也嘆了口氣。

「……七草小姐。」

他改以責備的語氣說話。

聽到這種語氣，真由美顫抖了一下。

「我不介意您使用親切的口吻，不過可以別叫我『達也學弟』嗎？我即使不說原因您也明白吧？」

「不好意思，我會小心。」

真由美大概也覺得「好像不太妙？」，立刻向達也道歉。

達也默默點頭接受她的道歉，就這麼改變話題。

「然後，問我有什麼企圖是嗎？我只是還沒公布，沒要保密，所以現在就可以回答。」

「咦？」

真由美只是輕聲表達意外感，沒回答「要聽」還是「不聽」。但是達也不以為意說下去：

「『魔法人協進會』是以魔法資質擁有者，也就是魔法人的人權『自衛』為目的。」

達也刻意不使用「人權保護」而是「人權自衛」這個陌生的形容方式。這反映出他意識到自己也是魔法人，所以不是「高姿態」從外部保護，而是以「當事人的身分」對抗來自外部的人權侵害。真由美從他這句話就理解這一點。

「相對的，『魔法人聯社』是協助擁有魔法資質的人，包括至今沒達到基準的人，為他們開拓能在社會上大顯身手的管道，屬於非營利法人。具體來說會著手發展魔法師的非軍事職業訓練事業，以及非軍事的職業介紹事業。」

「職業訓練以及職業介紹？」

事業內容意外平凡，真由美不禁復誦反問。

（……只有這樣？）

不只無視於魔法協會，甚至無視於日本政府，和印度波斯聯邦的ＶＩＰ聯手打造一個獨立國家，藉以成立國際結社的四葉家一員，不惜刻意新設立法人也要進行的工作只有這樣？

愈想愈摸不著頭緒。真由美完全陷入混亂。

「職業介紹這部分，幸好可以牽線進入恆星創能任職……」

不過聽到達也接下來的說明，感覺糾纏打結的線稍微解開了。

「首先我想提供場所，讓魔法人學習實務知識與心得，成為足以成名立業的技術人員。」

「……要創立，學校嗎？」

「嗯。」

真由美以加重各音節的語氣詢問，達也很乾脆地點頭。

「有別於魔法大學的學校？」

這次是試探背後真意般的語氣。

「是的。」

對於這個問題，達也也是不加思索就回答。

「只不過我沒要和魔法大學競爭。入學資格預定是普通高中畢業程度的學力，但是也不會排除魔法大學的學生。請當成是以高中畢業生或學生為對象的教學機構。」

「然後要將這所學校的畢業生送進恆星創能嗎？」

真由美帶著確信這麼問，達也不是點頭，而是搖頭。

「我也想過和恆星創能建教合作，但是不會強迫學生走這條路。因為這樣會違反職業選擇的自由。」

話是這麼說，不過能力不足以成為魔法師活躍的魔法因子擁有者，應該會認為恆星創能是條件最好的就業選擇吧。若是接受技術教育就更不用說。魔法人聯社設立並且經營教育機構，直接協助恆星創能確保人才，他們最後將逐漸被培育為達也的同志，不對，是「忠實的部屬」……

真由美對達也的企圖感到戰慄。並不是複雜到堪稱深謀遠慮的計畫，但是愈複雜的計畫隱藏愈多不確定的要素，愈單純的計畫愈不容易被「厄運」影響。真由美認為這個「陰謀」實現的可能性極高。

但是和這份冷靜的思考相反，真由美內心產生一股熱忱。

「司波先生……不，司波常務。可以容我協助這所學校嗎？」

「除了剛才的說明，目前沒有更進一步的計畫啊？」

所以不需要潛入聯社。達也以疑惑的表情如此暗示。

「我沒懷疑這一點。和家父的想法無關，為了沒能成為魔法師的魔法因子擁有者，更正，為了所有的魔法人，我想參與這所學校的經營。」

自己為什麼產生這種熱忱？真由美自己也不明白。

「拜託您！」

但她就這麼受到這股衝動的驅使，猛然向達也低頭。

「……達也大人。」

達也難掩困惑時，深雪輕聲從旁搭話。

「七草學姊——七草小姐看起來是認真的，而且我們也知道她能力很強，請她協助應該沒什麼問題吧。」

達也將意外感顯露在臉上。不過他表情的變化微乎其微，和達也交情不深的人不會察覺。而且他立刻回復為平常的撲克臉。

「魔法人聯社的龍頭是理事長深雪。既然她說可以錄取，我會接受她的判斷。」

「謝謝。」

深雪稍微但是慎重地向達也行禮回應，將視線移向真由美。

「七草小姐。可以請您為魔法人聯社提供助力嗎？」

聽到深雪這句話，真由美露出滿臉笑容，隨即重新裝出嚴肅表情。

「司波理事長，我會盡自己的微薄之力。」

「……以平常的方式稱呼我就好。」

「我知道了，深雪小姐。今後請多指教。」

深雪與真由美以遵守分際的遣詞用句，在和樂融融的氣氛下開始交換彼此的近況。以餘光看著這一幕的達也起身，從辦公桌發訊息要莉娜帶遼介過來。

◇　◇　◇

莉娜帶遼介到另一個房間之後，站在這個房間的窗邊眺望戶外。

這個姿勢表示她無意和坐在椅子（不是沙發，是一般員工用的辦公椅）的遼介交談。

遼介看起來沒因為莉娜的這副態度而壞了心情。畢竟他知道自己看起來很可疑，事實上他也是想進入魔法人聯社臥底。這份懷疑並不是冤枉。

另一方面，莉娜擺出這副態度不是要惡整，當然也不是怕生。

（這個男的剛才看我的眼神……感覺是在推測敵人的戰力。）

來到這個房間的途中，莉娜背部感受到一雙眼睛在估計她的戰鬥力。雖然沒有明確到敵意的程度，卻很難形容為友善的視線。再怎麼樣也不是自薦想成為同伴的人對於該組織現有成員應該採取的態度。

（不……他沒說要成為同伴。）

莉娜想起遼介在大樓門口說過的話。這名青年只說「想在魔法人聯社工作」。沒說「想成為同伴」，甚至沒說「想和大家一起工作」。

（就某方面來說是不會說謊的個性嗎……？不過就算這樣也不一定是好人。）

不提個性，這個人物確實必須提防。莉娜站在前軍人的角度這麼認為。

戰鬥力尤其不容小覷。

說到不使用魔法的純格鬥能力，莉娜絕對不強。但考慮到被逼得陷入無法使用魔法的狀況，在STARS也會嚴格訓練近身戰技以防萬一。

所以她知道。這個男的有「兩把刷子」。

遼介看起來比達也矮一點點。大概一八〇公分左右吧。隔著衣服觀察，體格除了身高以外非常普通，肌肉不像是特別發達的樣子。不過身體動作明顯不是外行人。

（可惜憑我的實力不知道他大概多強。）

莉娜自己也知道，比方說遼介與達也誰比較強，不使用魔法交戰的話誰會獲勝，她無法看透到這種等級。但是如果不使用魔法，這個人大概比我強吧，這是莉娜的結論。因此莉娜實在不能鬆懈，也不想放下戒心。

「那個……」

遼介忽然搭話，莉娜不得已轉身面對。她原本就沒移開目光。剛才看著窗外是裝出來的，其實她一直利用玻璃的反射監視這名男性。不過既然被搭話，繼續維持看著窗外的姿勢不太自然，而且也違反禮儀。

從這種細節來看，莉娜才應該被評定是「好人」吧。

「有什麼事嗎？」

莉娜的回應比她自己意圖的還要冷淡。不過遼介看起來不在意。

「方便請教您的大名嗎？」

莉娜如今才察覺還沒自我介紹。「糟了……！」她暗自心想，但是沒寫在臉上。

「我是安潔莉娜・庫都・希爾茲。」

「謝謝。希爾茲小姐是吧。我是——」

「啊啊，不用了。你是遠上遼介先生吧？」

莉娜對自己這種愛理不理的語氣感到困惑，但她在這個時間點已經放棄修正。大概是無自覺反映她對這名男性懷抱的戒心吧。

身為深雪的護衛不應該這麼做，但莉娜不認為這個人需要用心對待。
莉娜以這種方式說服自己。
「是的。那個，希爾茲小姐……」
「什麼事？」
「方便再請教一個問題嗎？」
「要問的話隨便你，但我可能無法回答喔。」
莉娜嫌煩般回應。
大概是看起來比自己小的這名女性態度傲慢而被惹惱，遼介的表情稍微緊繃。但他沒有繼續將心情顯露於言表。
「我沒要求您一定要回答。」
「那就請問吧。」
「希爾茲小姐，您是四葉家的傭兵嗎？」
「啊？」
莉娜不禁發出的傻眼聲音，並不是裝出來的。
（這傢伙在說什麼啊……）
這個人看穿莉娜不是普通女生，至少戰鬥力超越四葉家傭兵的水準，這份觀察力或許可以讚賞。不過他真的認為今天剛認識的對象願意回答這麼深入的問題嗎？

「我的回答是ＮＯ。我是聯社的理事。沒有代表權就是了。」

雖然按照道理不需要，但莉娜老實回答。她不是被借給四葉家，而是借給達也個人，所以不是「四葉家」的傭兵。

「但你為什麼問這種問題？」

莉娜是為了讓這句反問具備力道，才會老實回答剛才的問題吧。

實際上遼介也在一瞬間遲疑，不過大概是覺得只有自己沒回答的話不公平，所以像是逼不得已般開口。

「以前我在前墨西哥領地的暴動現場，親眼看見STARS的指揮官。」

（前墨西哥領地……是那時候嗎！）

莉娜在心中大喊。她沒忘記二〇九七年四月在前墨西哥領地發生叛亂時受命出動鎮壓的事。

莉娜在叛亂現場以安吉・希利鄔斯的外型站在最前線，制服失控的同胞平息事態。

「我從希爾茲小姐身上感受到的實力，比起當時的指揮官有過之而無不及……」

（這個男的難道察覺我是天狼星？）

莉娜好不容易在皮膚底下克制慌張心情。在遼介眼中只像是她回以一個疑惑的眼神。

「我好奇那個四葉家究竟是基於什麼目的，僱用實力匹敵STARS指揮官的外國魔法師。」

（……看來並不是真實身分被他看穿。）

聽到遼介接著說的這段話，莉娜暗自鬆了口氣。遼介形容她「匹敵STARS」，換句話說，他沒想過莉娜是STARS的隊員。

「這你也說錯了。」

「我說錯什麼……？」

「我不是外國人。因為我已經歸化日本了。」

這是不需要告知的情報，大概是安下心來的反作用力使得莉娜脫口將這個情報賞給他吧。

「啊，原來如此。恕我失禮了。」

以結果來說補足了「不是傭兵」的這個回答，所以不算失策吧。

（話說回來……他當時為什麼會在叛亂的現場？）

莉娜在這段對話得到的情報，可以說反而比遼介還多。

她愈來愈懷疑遼介這個人了。

簡短對話之後的沉默還沒變得讓彼此不自在時，達也呼叫莉娜。

「讓你久等了。走吧。」

莉娜已經連語氣都毫不掩飾。她只轉身看向遼介一次，然後快步走向房間出口。

遼介跟在她的背後以免落後。

◇◇◇

重新和達也面對面的遼介，像是後知後覺般感到緊張。

（這個男的，記得比我小三歲吧……）

不是對於面試感到緊張。雖然剛才那麼說，不過遼介並非萬不得已希望一定要進入魔法人聯社工作。

也不是被「超越戰略級魔法師的最強魔法師」或是「天才魔工技師托拉斯・西爾弗」這樣的頭銜震懾。

（真的假的，毫無破綻可言……這傢伙該不會比那些亂七八糟的師父還強吧……？）

遼介繼承的「十神」魔法，一旦發動就能發揮堪稱無敵的防禦力，但可惜不適合維持長時間的發動。和其他魔法一樣，無法在遭人暗算必須保身時派上用場。這麼一來難得高超的防禦力完全無用武之地。

遼介為了習得應付偷襲的能力，高中時代比起魔法修練更致力於武術修行。真的是廢寢忘食埋首苦練的程度。

幸好遼介在北海道拜數名強者為師（但他們不是良師），年紀輕輕就習得接近達人的實力。不過在這樣的遼介眼中，達也的武術造詣也是深不見底。

遼介內心受到強烈的打擊。他暗中自負即使對手是戰略級魔法師，只要拉近距離成為近身戰就打得贏。

他之所以緊張，之所以受到打擊，是因為這份自負被撼動了。還不到被粉碎的階段。遼介原本認為即使面對達也，只要是近身戰就能想辦法打倒。但他對此不再抱持確信。

「別這麼心急沒關係的。先試著用對話相互理解吧。」

（——！）

被達也點出自己鬥志高昂，遼介感到驚慌。他沒察覺自己下意識在腦中模擬如何對付達也。現在還沒到這個階段。不，說起來ＦＥＨＲ還沒決定與達也為敵。不能因為自己的獨斷決定導致雙方陷入敵對關係。

遼介回想自己敬愛的蕾娜笑容，藉以拚命讓心情鎮靜下來。

（那張笑容……不能被我害得蒙上陰影。）

靜靜地、緩緩地反覆進行數次深呼吸。多虧這麼做，遼介內心得以回復平靜。

「遠上先生。」

達也像是看準時機，在這個時間點向遼介開口。

（……呼吸被看透了嗎？）

遼介不認為這是偶然。他的步調被完全掌握到這種程度。

「你為什麼想進入魔法人聯社工作？」

遼介靜靜呼氣，吐出慌亂心情的渣滓。

平復心情的遼介，從記憶中取出預先想好的答案。

「迫害魔法因子擁有者的危機逐漸高漲，只要是保護同胞權利的活動，我都想參加。」

這不是為了潛入魔法人聯社而編造的謊言。遼介現在所屬的ＦＥＨＲ，最基本的目的也是如此。他說出口的時候毫不猶豫。

「聽說遼介先生是從ＵＳＮＡ前加拿大領地回國，原本是在前加拿大領地的哪裡？」

遼介沒料到這個問題，但他覺得不必掩飾。

「溫哥華。」

「記得溫哥華有一個叫做ＦＥＨＲ的政治團體，標榜以保護魔法師的權利為目的，你沒想過加入這個團體嗎？」

遼介頓時喘不過氣，必須全力繃緊神經，避免自己更加驚慌失措的心情顯露在臉上。他完全沒料到達也知道ＦＥＨＲ的事情。

「比起在ＵＳＮＡ活動，我還是想在祖國工作。」

「原來如此。」

達也看起來沒特別懷疑遼介的說詞。但是遼介沒鬆懈。完全看不透達也真正的想法，遼介再度開始感到慌張。

「不過魔法人聯社並非以政治活動為目的的團體。或許和遠上先生的希望不符。」

對於遼介來說，這也是預料之外的奇襲。

「那麼魔法人聯社的業務是什麼？」

但他這次立刻克服難關反問。

前來求職面試，卻連這種事都沒查清楚嗎——

達也沒說這種話。

達也重複剛才向真由美說明的內容。話說真由美還留在這個房間。她坐在牆邊擺放的備用椅子一副不自在的模樣，大概是因為在旁人眼中，自己明明想進入這個社團工作，卻連社團的業務內容都沒查清楚就前來面試，使得她事到如今對此感到不好意思吧。

「……這所學校只會教魔法工學嗎？」

遼介聽完達也的說明如此詢問。

「不是魔法工學，是將魔法利用在工業技術的知識與方法。相關的魔法工學或普通化學、普通工學也預定會開課。」

「肯定也有魔法因子擁有者不適合成為技術人員才對。」

「確實如此吧。不過沒辦法從一開始就網羅一切，光靠魔法人聯社能做的事也有限。將來應該會和其他的專門教育機構合作吧。」

「例如民間軍事公司（PMSC）嗎？」

第三次世界大戰當時以及終戰後的短暫期間，戰鬥魔法師全被納入國軍管理，這是世界的標準。不過從某個時期之後，戰鬥魔法師也被容許在野了。日本的十師族就是代表性的例子。

雖然只有少數，但是以魔法師組成的ＰＭＳＣ也隨之出現。例如英國的「Unseen Arms」或是西班牙的「Soldado Misterio」等組織就是代表性的例子。此外，前者在日本是以國際警備公司「安心ARMS」這個名稱為人所知。附帶一提，擔任達也管家的花菱兵庫原先所屬的ＰＭＳＣ也是這間「Unseen Arms」。

這些ＰＭＳＣ也會受託進行魔法師的戰鬥訓練。既然想要將培育範圍擴大到傭兵或警衛，當然也會考慮和這些ＰＭＳＣ合作才對。

「不包括這個。」

然而達也的回答是「ＮＯ」。

「魔法人聯社不會涉足軍事領域。英文名稱『Magian Company』的『Company』不是這個意思，是採用『集團』的意思。」

英語的「Company」也有「步兵中隊」的意思。達也說的「這個意思」是指這件事。

遼介沒懷疑這個說法。FEHR內部認為達也擁有兩種極端的面向。引發「灼熱萬聖節」之「萬聖節魔王」的破壞性面向，以及天才魔法技師托拉斯·西爾弗的創造性面向。看來魔法人聯社是反映司波達也創造性面向的組織。遼介在這個階段做出結論。

可是無法保證達也不是嘴上說說。即使遼介以外的人，也不可能光聽說明就看透他的內心。

「如果這是真的，那我一定要進這所學校工作！」

遼介猛然低頭。

他自認是為了完成FEHR領袖蕾娜交付的工作而低頭。

不過遼介沒察覺自己的用詞不夠客氣。

沒察覺自己激動到忘記使用敬語。

FEHR的目的是保護魔法因子擁有者的人權。但光是訴求人權無法維生。生活需要工作。

遼介內心深處也察覺這一點。

他內心湧出的這份衝動，和真由美懷抱的情感幾乎一樣。不過他比真由美更沒察覺這份情感的真面目。

「遠上先生。若要僱用你，我們會擔心一件事。」

「什麼事？」

遼介以蘊含熱度咄咄逼人的眼神看向達也。

「你是『十』的失數家系。從年齡來看，是在令尊那一代或是再上一代被驅逐的吧？」

「……成為失數家系是在家父那一代。」

「這樣啊。遠上先生，即使你對於前第十研及其相關人員懷抱某些芥蒂，也請不要帶到工作上。無論魔法人自己過去經歷哪些事，聯社也不會因而優待或虧待。即使以自己曾經是受害者為理由要求特別待遇，我們也不會答應。這部分你可以理解嗎？」

「我可以理解，也認為是理所當然。」

遼介想都不想就點頭回應。其中沒有欺騙或掩飾。遼介原本就沒因為自己是失數家系而懷抱怨恨或自卑感。

「很好。」

後來經過幾段問答，達也決定僱用他進入魔法人聯社。

◇　◇　◇

晚上十一點半。

回到四葉家東京總部大樓頂樓自用房間的莉娜，按下編碼通訊機的按鍵。

『Hello，我是卡諾普斯。莉娜，好久不見。』

通訊對象是STARS時代的部下，應該說心腹，與其說是心腹部下，不如說是莉娜最信賴的前同袍班哲明・卡諾普斯。現在的軍階是上校。地位從STARS基地總司令官晉升為新設立的STARS總司令官，原本屬於不同組織的STARDUST也納入指揮。

此外，STARS的總隊長「天狼星」現在依然出缺。

「Morning，班。好久不見。你還是一樣這麼早起。」

STARS總部基地所在的新墨西哥，當地時間是上午八點半。他即使還沒到司令官室出勤也不奇怪。

『妳那邊是深夜吧？遇到什麼麻煩嗎？』

「不到麻煩的程度……不過班，希望你幫個忙。」

『請別客氣直接說。參謀總部也吩咐要盡量給妳方便。』

卡諾普斯這段話不是編造也不是客套。五角大廈（不是白宮）認為四葉家與司波達也是比日本軍更重要的同盟對象。擔任國防部長至今的連恩・史賓賽，在三年前的夏天派遣心腹傑佛瑞・詹姆士拜訪達也，透過他和達也建立私人關係。

此外，史賓賽也是預定今年秋天所舉行總統大選的最熱門人選。

對於現代的國際政治來說，達也的存在是一張鬼牌。幾乎無須任何準備，不必受到可惡的預算限制，就能對全世界任何地方給予決定性的打擊。斷絕補給進行圍攻是有效的戰術，所以達也並不是帶來絕望的恐怖魔王，卻也是不容忽視的存在。和達也之間的私人交情即使不能對一般民眾公開，對於政治家來說也是強力的武器。

說得難聽一點，莉娜是國防部長史賓賽用來和達也維持交情的道具。而且是最能潛入達也身邊的道具。參謀總部命令盡量給莉娜方便，可以確保史賓賽在競爭對手之中享有優勢。

「不好意思，那我就不客氣了。」

『沒問題的，也不想想我們的交情……所以請問是什麼事？』

「想拜託你調查某個人。」

『喔，調查啊。有間諜潛入嗎？』

「可能是間諜。我想查明這件事。」

『我明白了。知道對方的姓名嗎？』

「姓名是遠上遼介。在日本時間的今天從溫哥華回國的二十三歲日本男性。」

雖然和一般的順序相反，不過魔法人聯社確定錄用遼介之後檢查了他的護照。莉娜也以社員身分（不是職員而是社員，地位等同於股份有限公司裡的股東）閱覽這份資料。

『溫哥華啊。記得那裡有魔法至上主義者的團體。』

「好像是四年前我們為了潛入日本而交換的留學生。」

二〇九六年一月，USNA為了查明引發「灼熱萬聖節」的戰略級魔法師真實身分，派遣許多諜報員潛入日本。當時為了將平常被限制出入境的魔法師送進日本，USNA向日本提出多人交換留學的方案並且獲准。

『這名男性在回國之前是學生嗎？』

「依照他本人的申告，他已經從大學中輟，回國前都在購物中心擔任警衛。」

『很可能是用來隱瞞地下活動的職業。知道了，請交給我吧。』

「我傳護照影本給你當成調查資料。」

莉娜說完，從編碼通訊機安裝的儲存裝置傳送護照的影像檔。

『收到了。我立刻派人調查吧。』

「拜託了。」

『查到情報就會通知妳。』

「謝謝。那麼再聯絡了。」

和卡諾普斯通訊完畢之後，莉娜脫掉衣服鑽進被窩。

[5] 入侵者

四月三十日，星期日。

「咦，響子小姐？」

真由美到町田的聯社總部上班時，迎接她的是藤林。

藤林是昔日十師族長老——已故九島烈的外孫女。真由美的父親七草弘一兒時曾經拜九島烈為師。基於這段交情，真由美就讀高中之前就和藤林彼此認識。

「早安，真由美小姐。」

「……兩位認識嗎？」

已經先來上班的遼介疑惑詢問。此外藤林與遼介已經相互自我介紹。

「嗯，我們認識快十年了吧。」

「響子小姐，我們第一次見面是九年前。」

「不過這是我們第一次一起工作喔。」

真由美今年剛從大學畢業，所以當然不必重新說明這句話是「在同一個職場上班」的意思，不過藤林說的不是這個意思。藤林曾經是軍人，真由美從大學畢業之前就以十師族成員的身分活動，感覺兩人曾經聯手出任務也不奇怪，但不知為何都沒這種機會。二〇九五年十月，橫濱遭到大亞聯軍侵略的時候也是，兩人到最後都沒有在同一個戰場並肩作戰。

「剛才說『一起』，響子小姐也在魔法人聯社工作？」

「我覺得不必這麼驚訝就是了。妳早就知道我辭掉國防軍的工作了吧？」

「嗯，我知道……」

如前面所述，真由美與藤林透過家裡的交情認識彼此。九島烈是在藤林退役之前去世，不過九島家或是九島烈女兒出嫁的藤林家沒因而和七草家斷絕關係。藤林從軍中辭職的消息沒有分別通知兩家，卻也沒有保密。七草家那邊沒漏掉這個情報。

「那我當然得找個地方工作吧？」

「我一直以為妳回老家了……」

「我才不要那樣。要是回到老家，肯定會被家裡逼著結婚。因為我和妳不一樣，已經老大不小了。」

藤林自虐的這段話，真由美沒予以否定。被要求早婚的不只是含數家系的魔法師。藤林家是古式魔法師的家系，不過正因為是歷史悠久的名門，所以比起空有名聲卻沒歷史的名門十師族，傳統上的壓力與枷鎖更為沉重。「被家裡逼著結婚」這句話可不是單純的玩笑話，真由美也能輕易想像這一點。

「幸好我辭去軍中工作之後，四葉家收留我了。」

「……透過這段關係來到聯社？」

「就是這麼回事。而且在這裡成立之前，我就和司波常務在各方面一起工作過。」

藤林說的「工作」不是ＦＬＴ或恆星爐相關的工作，是不能公開張揚的那種工作，不過真由美沒知道得這麼深入。

「閒聊就到此為止吧。真由美小姐，還有遠上先生也是，兩位可以立刻外出嗎？今天常務吩咐我帶兩位去看看正在建設的魔工院。」

藤林在後半改為辦公事的語氣，詢問真由美與遼介。

「好的，沒問題。」

聽到藤林這麼問，遼介首先反應。

「我也沒問題。」

真由美也立刻接著回應，但她不只是聽話點頭。

「……『魔工院』？那是什麼設施？」

這個陌生的名稱，使得真由美不禁提出這個可能不必要的問題。

「沒聽常務說過嗎？」

「是的……我想我應該沒聽過。」

真由美沒什麼自信般回答，同時看向遼介。

「我也沒聽過。」

遼介回應真由美的視線附和。

「關於魔法人聯社的事業內容，兩位聽過說明吧？」

這次兩人都點頭回應藤林這個問題。

「魔法工業技術專門學院，簡稱魔工院。在這個教育機構可以學習利用魔法的工業技術。雖然不像專修學校或各種學校那樣獲得政府核准，不過以設備與講師陣容為首的教育環境甚至不會輸給大學。營運資金這方面也獲得許多企業出資，接下來的十年都高枕無憂吧。雖然從這裡畢業並不會列入學歷，但是出資企業已經私下約定會積極接納畢業生。」

「是不同於魔法大學的魔法工學專校嗎？」

「不。」

藤林搖頭回應真由美的詢問。

「教導的不是魔法工學，是利用魔法的工業技術。」

「……哪裡不一樣？」

這次是遼介以不明就裡的表情詢問。其實他在聽達也說明的時候也沒能理解兩者差異。

「魔法工學是從電子工學、材料工學的觀點來研究魔法的學問。魔工院也會將魔法工學列為教學內容，不過會以魔法應用在工業領域的技術為主。」

「堅持以實務性的教育為目標是嗎？」

遼介繼續詢問，藤林對他露出壞心眼的笑容。

「與其說是實務性，應該說是實利性的教育吧。因為聯社的目的是促進魔法人就業。」

「我懂了。」

遼介挺直背脊行禮。

藤林從這個動作嗅到士兵的味道，頓時露出警戒的神色，不過臉朝地面的遼介當然不用說，真由美也沒察覺這張表情。

建設中的魔工院位於伊豆半島尖端附近。

真由美與遼介從藤林駕駛的自動車下車，對於超乎預料的氣派設施難掩驚訝之意。

魔工院座落在海邊，腹地鄰接港口。這座港口的規模不足以讓油輪或大型貨船靠岸，不過碼頭建造得相當穩固，岸底看起來也很深。連大型起重機都有。明顯是預設會以海路聯外的地理環境。

建築物感覺不像是學校校舍。給人的印象是工廠加上附設的五層管理大樓。

「預定什麼時候開校？」

真由美看著幾乎像是已經完工的建築物詢問藤林。

「預定在九月。而且將會請真由美小姐與遠上先生在這裡工作。」

「但我沒做過學校事務啊？」

真由美戒心畢露，藤林像是安撫她般，改用柔和的語氣。

「不會突然就要求你們負責專門的業務。剛開始會請你們製作制式文件與處理內部資料。」

「處理離線資料嗎……」

遼介輕聲自言自語，被藤林的順風耳聽到。

「有什麼不滿嗎？」

「不，這我應該做得來。」

遼介在大學專攻機器人工學，不過在得知FEHR又認識蕾娜之後從大學中輟。他沒有經營法人時派得上用場的知識（例如會計），就算這麼說，若要他擔任講師傳授大學時代專業領域的工學，他也沒有自信。從這一點來看，如果是「情報機器操作」這種可以交給基層人員的工作，遼介認為自己應該勉強能勝任。

「那就好。我帶你們進去吧。」

藤林帶領兩人進入腹地。

真由美與遼介兩人依序跟在藤林背後。

只有實習用的設施還沒完工，辦公室或是事務機器已經齊全到隨時可以工作的狀態。

「我希望兩位準備完畢就來這裡著手進行開校準備，不過通勤這部分決定怎麼做了嗎？希望的話可以住員工宿舍喔。」

「說得也是……可以麻煩安排員工宿舍嗎？」

對於藤林這個問題，真由美很快就做出決定。從東京到這裡，駕駛自動車要兩小時半，即使搭乘小型電車，光是搭乘時間也要花費一個多小時。以這個時代的通勤時間來說很長。真由美選擇借住員工宿舍。

她肯定也是基於想要離家的動機而這麼做。真由美至今不曾離開老家。她身邊總是有許多幫傭，是貨真價實的大小姐。對於家事能力頗有自信的她，即使抱持「想趁著這個好機會嘗試一個人生活」這種想法也不奇怪。

「……自動車可以停在員工宿舍嗎？」

比起室內格局或外部環境，遼介更想知道有沒有停車場。

「不介意的話，有一座露天的公共停車場喔。聽說你剛從USNA回國，你有車嗎？」

「不，我現在沒有，但我想早點買一輛。我的嗜好是兜風。」

「這樣啊。那麼這部分的手續也一起辦吧。你們也需要先看一下房間吧？我來帶路。從這裡走過去大概五分鐘。」

聽到藤林這麼說，真由美大幅點頭，遼介稍微點頭回應。

兩人看過公寓形式的員工宿舍內部，回到魔工院的前面時，港口浮著一架飛機。

「那是翼水效應船嗎？」

看見飛機的遼介詢問藤林。

「真虧你知道。」

翼水效應船。「翼地效應機」這個名稱應該比較普遍吧。是飛行高度限制極低，相對來說可搭載較大重量的一種飛行器。

「這架運輸機是用來往返於這裡與恆星爐設施所在的巳燒島。目前的用途只有貨物運輸，不過在魔工院開校之後，在巳燒島研修的學生也會利用它往返兩地。」

「可是翼水效應船是在平靜的水面專用，不能用在外海吧？」

「這個問題在技術改良之後解決了。」

「那個，請問研修是？」

被晾在一旁的真由美，插嘴介入遼介與藤林的對話。

「成績達到一定標準的學生，願意的話可以在恆星爐設施進行研修。這是魔工院的賣點。」

「這……上鉤的人應該會很多吧。記得入學資格是擁有高中畢業學力的魔法人，年齡不拘。

總覺得想知道恆星爐原理的社會人士會踴躍報名。」

「原來如此。那麼如何讓真正需要魔工院教育的年輕人優先入學，請真由美小姐與遠上先生思考招生機制吧。這就當成兩位的第一份工作。」

藤林在聯社的頭銜是事務長，真由美他們的上司。

「咦？」

突然接到業務命令，真由美驚訝大喊。

「我們的工作不是處理離線資料嗎？」

遼介以委婉的說法提出異議。

「不只是企業，日本的組織經常這樣喔。」

但是藤林完全不受理遼介的抗議。

「這裡或許是血汗職場……」看著這一幕的真由美暗中懷抱恐懼。

◇　◇　◇

後來，藤林將自動車開進翼水效應船（巳燒島的相關人員稱它是「伊豆接駁船」），帶真由美與遼介來到巳燒島。

「這裡是恆星爐設施。真由美小姐不是第一次來吧？」

「是的。之前曾經和二十八家的眾人前來觀摩。」

「二十八家」是第一到第十的魔法師開發研究所出身，沒被剝奪編號存活下來的二十八個血統。十師族就是從這二十八家選出來的。

二〇九七年四月，在十文字克人的號召之下，二十八家的新生代齊聚一堂，開會討論反魔法主義對策。這場會議本身僅此一次，不過當時新生代的交流持續下去，屢次舉辦類似研修會的活動。觀摩恆星爐設施也是這種研修會之一。

此外，這個新生代集團從來沒有邀請過達也與深雪。推測應該是因為達也在二〇九七年四月的那場會議和其他出席者針鋒相對使然。

總之這方面的細節和現在無關。既然來過，肯定也聽過大略的說明。

「遠上先生，想重點參觀哪些場所嗎？」

如果有特別關心的領域，就必須找專家過來導覽。

「不，沒特別想去哪裡。可以簡單拜見一下發電設施嗎？」

「知道了。」

藤林稍微鬆一口氣，點頭答應遼介的要求。

在導覽的途中，他們發現達也待在恆星爐主體的控制室。

「常務，您辛苦了。」

「藤林小姐，導覽辛苦了。」

周圍有控制室的責任技術人員。達也與藤林戴上對外的面具交談。

「發生什麼狀況嗎？記得您今天預定待在西北地區。」

為求方便，巳燒島現在分成四個地區。

設置這座恆星爐設施的東北地區。

設置機場的東南地區。

設置四葉家設施的西北地區。

以及設置祕密實驗場（實際上是將光宣與水波住處「高千穗」連結到地面的虛擬衛星電梯）的西南地區。

其中的西北地區與西南地區禁止四葉家相關人士以外的人進入。雖然這麼說，但島嶼中央沒有設立圍欄做為界線。東北與東南地區占了島嶼的七成面積。即使三成土地禁止進入，東側的居民也不會感到拘束。

而且依照行程表，今天達也整天都會待在禁止外人進入的西北地區研究室。

「不是發生什麼狀況，不過明天的事要預先準備，有人希望我親眼確認一下。」

「啊啊，原來如此。」

不只是藤林，真由美也露出接受的表情，不過遼介看來不明就裡。

察覺這一點的真由美，輕聲向遼介說明：

「明天是設立恆星創能股份有限公司的日子，會邀請許多賓客前來。除了酒會，也預定讓賓客觀摩設施。」

遼介臉上露出理解的神色。

「對了，真由美小姐。」

此時藤林轉過身來。

「明天的宴會可以請妳幫忙嗎？」

「……這也是業務命令嗎？」

「不，這是請求。真由美小姐，妳很習慣宴會場合吧？」

「可是……」

「接待的人手不夠。總不能讓深雪小姐應付不認識的大叔吧？關於這部分，妳已經在七草家的宴會身經百戰了。」

「我沒那麼久經世故啦！」

「常務也請幫忙說幾句話吧。這是為了減輕深雪小姐的負擔。」

大概是因為真由美遲遲不肯答應而心急，藤林請求達也支援。

「七草小姐，可以拜託妳嗎？」

「為了深雪」這句話對達也的效果超群。

「明天也有魔法協會的相關人士參加，我和他們處得不太好。」

其實不必特別多說，真由美生性就很照顧他人。

而且她也經由內部傳聞得知，達也受到日本魔法協會不講理的敵視。

「……請讓我和家父商量一下。」

雖然這麼說，但真由美站在七草家長女的立場，當然不能由她自己決定。

觀摩恆星爐設施結束之後已經是傍晚，但真由美為了和父親商量宴會的事宜而返家。

遼介剛回國沒租公寓住，所以決定就這麼不回去下榻的飯店客房，今晚借住在巳燒島的員工宿舍。

◇　◇　◇

晚餐過後，真由美找弘一商量她要在恆星創能股份有限公司設立宴會擔任接待的事宜，弘一二話不說就准許了。

「這是好機會。順便也讓財經界的大老闆們對妳留下印象吧。」

恆星爐設施出資企業的社長或高層也預定出席明天的宴會。七草家也是雄厚的資產家，可惜鮮少和真正的一流企業打交道。一家之主想藉這個機會利用女兒強化自家和財經界的連結，反倒是理所當然的想法吧。

「真由美，妳穿現有的禮服與飾品參加這場宴會沒問題嗎？需要的話就去買吧。」

不知道是發現這場宴會非常重要，還是八字都還沒一撇就急著計劃未來，弘一對真由美說得非常闊氣。

「這個時間去買？我才不要。用現有的就夠了。」

時間將近晚上八點。服務一般顧客的店差不多要打烊了，不過百貨公司的店外銷售專櫃還在營業，街頭店家服務常客的窗口也還開著。即使現在出門也可以從禮服、鞋子到珠寶整套買齊。

不過真由美現狀比起物慾更想要好好休息。

「這樣啊。那麼今晚早點休息，為明天做準備吧。」

「嗯，我會的。」

真由美冷淡回應父親這段話，起身離開父親的書房。

◇　◇　◇

遼介借住的員工宿舍座落在恆星爐設施不遠處。這樣的相對位置可以讓員工在設施發生異常事態的時候率先趕到。順帶一提，媒體記者等外部訪客使用的旅館設置在機場附近。

深夜時分，心想差不多該上床就寢的遼介，忽然感覺設施方向傳來奇妙的魔法氣息。

他脫掉借穿的睡衣再度換上便服，走出房間。宿舍是可以日租的三層樓飯店式公寓，沒有門廳與櫃檯，可以自由進出。也沒有監視器以外的防盜裝置。

恆星爐設施沒有圍牆或圍欄。因為這座島本身就是私有地。反倒是機場周邊設置了一整圈的圍欄。只是圍欄也沒有加裝刺絲網或是高壓電，所以可以輕易翻越。不過未經許可翻越就是非法入侵私有地了。現代的國內法律已經將「沒有建物就不構成非法入侵」的缺陷改正。

因為是這種狀況，所以要入侵設施腹地不是難事。但是即使沒進入建築物，要是在這種時間亂晃，被人發現的話肯定會令人起疑。

遼介是按照ＦＥＨＲ領袖蕾娜的意思潛入魔法人聯社。考量到他的立場，應該要避免做出令人懷疑的舉動。但是不知為何，他現在無法對這股魔法氣息置之不理。

遼介不太擅長感應魔法，卻擅長感應氣息。與其說這是魔法技能，應該說這是他經由武術修行習得的技術。他循著這股氣息尋找來源。

氣息來自設施的核心，貯藏恆星爐的恆星爐大樓內部。遼介白天見到達也的控制室也在這棟大樓。

恆星爐大樓的門不知為何開著。

不是沒上鎖的程度。供人員進出的側門開著沒人管。

（警報為什麼沒響……？難道是巡邏的警衛忘記關門？）

如果是以正規手段開鎖入內，保全裝置當然不會反應。

遼介猶豫數秒之後進入恆星爐大樓。他決定被警衛發現時解釋說「想提醒你們沒關側門」。

不明人物的氣息，感覺來自恆星爐本身的圍阻室。

如果要竊取恆星爐的技術，應該會鎖定控制室。控制程式存放在那個房間。

（果然是警衛嗎……？）

覺得有人入侵是我想太多吧？

遼介失去自信，卻沒有停下腳步。他消除自己的氣息與腳步聲，循著某人的氣息前進。

氣息的源頭果然在圍阻室。

「圍阻室」是從「核子反應爐圍阻體（reactor container）」挪用過來的名稱。包含恆星爐的核融合爐和核子反應爐（核分裂爐）的基本構造不同，但因為同樣歸類為「核能」而採用相似的名稱。

圍阻室的門也開著。

（難道是為了方便逃走而開著嗎……？）

遼介愈來愈懷疑，從門後窺視室內。

戴著護目鏡隱藏長相的兩名男性拿著工具，在六座恆星爐的其中一座前面偷偷摸摸不知道在做什麼。

（修理……不對，偷零件嗎？）

如果是修理，就沒有理由不打開室內的照明。

很可能是企圖竊取重要元件的產業間諜。

雖然沒證據，但遼介如此判斷。就在他準備悄悄進入圍阻室逮捕歹徒的這時候……

「你在那裡做什麼！」

聲音與燈光投向遼介。是巡邏的警衛。不，或許不是巡邏，是察覺異狀趕過來的。

圍阻室裡的歹徒對這個聲音起反應，從裡面衝出來。

遼介連忙伸出腳。

雙人組的其中一人絆到他的腳跌倒。

不過這名男性立刻起身，比搭檔晚一步跑向出口。不巧警衛不是在那個方向。

（封鎖退路是基本吧！）

遼介在心中咒罵警衛，前去追趕歹徒。

腳程是遼介比較快。

遼介伸出手，想抓住比較慢的那個人。

然而在這一瞬間……

（芝麻關門。）

陌生語言與知名咒語在腦中重疊響起的同時，遼介眼前變得一片漆黑。

走廊在前一瞬間也沒有照明，但因為有逃生指示燈的光線，所以不會伸手不見五指。亮度足以正常捕捉物體。

基於自我防衛本能，遼介不禁停下腳步。

視野在三秒後回復。

緊接著，一股強大的力道從背後架住他。

遼介在瞬間向前倒，手肘反射性地往後頂，趁著勒住他脖子的手臂放鬆時摔出對方。

掉在走廊地面的手電筒照亮這個人。是身穿制服的警衛。

（糟糕，不小心就……）

遼介錯愕的時候，另一名警衛趁機牢牢架住他。

侵者。

◇◇◇

被帶進警衛室，以手銬銬在椅子上的遼介，老實說明自己感受到的魔法氣息以及圍阻室的入侵者。

但是剛才反射性的反擊不太妙。

他被認定是非法入侵者的同夥。

遼介只能乖乖被銬住，直到達也接到通知前來警衛室。

在達也的指示之下，遼介終於得以解開手銬。但他沒有就此獲釋，就這麼接受達也盤問。

「兩名歹徒使用魔法入侵恆星爐，打開圍阻室的門鎖想竊取元件是吧？」

「……我說對方以魔法開鎖，單純是我從當時狀況進行的推理，但我親眼看見他們在恆星爐前面使用工具。」

「原來如此。那麼你認定他們正在試著竊取元件，確實是自然而然的推理。不過圍阻室的監視器不知為何在那個時段故障。」

警衛之所以被緊急派去察看，就是因為監視器故障。

「遠上先生。說來遺憾，沒有證據能證明你的清白。」

遼介喘不過氣。

他也明白從客觀角度來看，自己的舉止可疑至極。

「……要把我扭送法辦嗎？」

「不，我不會報警。剛僱用的職員因為竊盜未遂被捕，感覺這是媒體喜歡的醜聞。明天……不，今天的宴會將會被這個事件搞砸。」

從達也這段話就知道，現在的時刻已經換日。

「而且雖然沒有證據能證明你的清白，卻也沒有證據能證明你有罪。」

「…………」

「只是我不得不說，這樣下去很難讓你繼續在聯社工作。」

遼介低頭咬緊牙關。

FEHR領袖蕾娜委託的調查任務都沒完成。關於魔法人聯社，目前只知道表面上的目的。明明好不容易潛入內部，要是現在被迫離職，自己將會背叛蕾娜的信賴。

「……有什麼東西失竊嗎？」

「不，完全沒有。」

聽到遼介唐突這麼問，達也面不改色回答。達也沒問「所以怎麼了？」這個問題。沒有任何反應。或許達也內心已經決定要解僱遼介。

差點心灰意冷的遼介好不容易振奮自己，繼續說下去：

「恆星爐是革命性魔法技術的寶庫。雖然不知道歹徒的企圖，但我不認為他們失敗一次就會放棄。歹徒應該會再度前來行竊。」

達也表情不為所動。大概是這種程度的事情，他不必聽遼介說明也知道吧。

「可以給我一個機會嗎？」

「機會？」

達也終於有所反應。

「我會親手抓到歹徒。請讓我藉此證明自己的清白。」

「你想要假裝埋伏捉賊，協助他們入侵與逃亡嗎？」

說這段話的不是達也，是陪同達也來到警衛室，至今默默在達也身後待命的花菱兵庫。

「我不是歹徒的同夥！」

遼介露出深感遺憾的表情大喊。

「我的意思是說，你的要求也可以這麼解釋。遠上先生，你自己也知道吧？」

遼介頓時說不出話。考慮到他現在的立場以及造成這個立場的原委，兵庫所說的臆測確實可以成立。

「達也大人，您意下如何？」

兵庫委由達也進行判斷。他沒有強硬反對遼介的要求。老實說，兵庫並不是真的懷疑遼介。

「好吧。但是禁止你單獨行動。這兩天我會挑選人手和你搭檔。今晚請你先回宿舍吧。」

禁止單獨行動就像是告知「我在懷疑你」，老實說不是滋味。不過站在達也的立場，這或許是不得不的決定。如果無條件採用遼介的條件，或許會被批判過於偏袒。

理解這一點的遼介，只能服從達也的裁定。

◇◇◇

五月一日凌晨四點。

今天預定舉辦新公司設立的宴會。雖然這麼說，卻沒企劃進行大陣仗的儀式。事業本身在兩年前起跑之後順利進展。設立公司單純只是要換個形式。

宴會也只不過是規模大一點的酒會。

邀請的賓客或許有點特殊就是了。

即使如此，也不是必須在天還沒亮的時候就著手準備的大事。

在黎明前的黑暗中，遼介離開宿舍前往港口。東南地區的機場落成之後，幾乎沒人是從海路出入這座島。不過會有貨船忙碌進出。

將恆星爐生產的電力送往日本本州的海底電纜還在鋪設。恆星爐的電力目前主要用來製造氫氣。生產氫氣以貨櫃傳送到本州的工廠，加工為易於使用的燃料。

光靠氫氣的營收，恆星爐設施就可望在明年回收至今投入的所有資金。擴大事業設立新公司的計畫肯定會順利進行。

不過貨櫃船忙碌進出的這個港口，在這個時段也沒有船或人的影子。遼介走到碼頭前端，從外套內袋取出大尺寸的行動終端裝置。

不，這應該形容為行動電話吧。語音通話用衛星通訊終端裝置。全域網路（全球區域網路，GAN）發達之後，衛星通訊僅止於小眾通訊手段的地位，不過還是繼續踏實進行技術改良，在二十一世紀的最後一年依然留存為現行的通訊手段之一。

但是並不普遍。至少不是個人使用的通訊手段。如果只是要進行跨國通訊，一般來說使用全域網路比較便利。

西元二一〇〇年的現在，不使用全域網路而是使用衛星通訊終端裝置的優點，頂多就是不必經由當地的基地台發送訊號吧。

「Hello，Milady。我是遼介。抱歉在白天打擾……」

遼介以英語開始對話。

沒察覺暗處有視線正在窺視他的背影。

◇　◇　◇

魔法師人權保護團體，政治結社FEHR。

當地時間四月三十日正午，溫哥華市內總部的個人辦公室裡，結社代表蕾娜‧費爾拿起響鈴來電的衛星電話終端裝置。

看向螢幕顯示的來電者。

打電話來的是她剛派去日本的遠上遼介。

蕾娜按下通話按鍵，將揚聲孔抵在耳際，收音孔湊到嘴邊。

「He……」

『Hello，Milady。我是遼介。抱歉在白天打擾。我有些事情想和您談談，現在方便嗎？』

「…………」

但是蕾娜甚至沒能說出「Hello」這句制式問候。

『Milady，您不方便的話，我換個時間再打吧？』

身為領袖，與其遭受輕視確實不如受到尊重，不過感覺遼介有點過當。

蕾娜今天也這麼認為。

「……不，沒關係。發生了什麼事？」

『魔法人聯社錄用我了。』

「那不是很順利嗎？」

蕾娜回答時感到詫異。遼介成為職員進入情蒐對象的組織內部。在第一階段可說近乎完美。究竟有什麼問題？

『但我有竊盜未遂的嫌疑，可能早早就被開除。』

「啊？……你回國才第三天吧？」

事情怎麼會突然進展成這樣？

……這是蕾娜最真實的感想。

「發生了什麼事嗎？」

『其實……』

遼介說明昨晚的事件。

『這兩名歹徒，我記得好像在哪裡見過，他們不是FEHR的成員吧？』

然後遼介這麼詢問蕾娜。這個問題大概是他打這通電話的主要目的。

「至少我沒命令你以外的成員出動前往日本喔。」

『這樣啊……』

遼介的聲音聽在蕾娜耳裡，感覺像是顯示他現在束手無策。

蕾娜被冠上的「聖女」這個別名，主要來自她的拿手魔法。不過她在這時候認真認為「必須為他做些什麼」的個性，或許也是她被稱為「聖女」的原因之一。

「……雖然不是FEHR的成員，但你說你覺得看過他們，或許不是你多心。」

『Milady，您心裡有底嗎？』

揚聲孔發出的聲音透露著期待。

「我沒有直接目擊，不能斷言就是了。」

『那也沒關係！請告訴我！』

蕾娜的個性並不惡劣，不會在這時候賣關子不回答。

「從你的描述來推測，我想那兩人很可能是『雅努斯』。」

她很乾脆地將自己的推理告訴遼介。

『雅努斯？那對犯罪魔法師搭檔嗎？』

大約兩年前開始在USNA地下社會逐漸打響名號的犯罪雙人組。入侵戒備森嚴的建築物，竊取高度機密的資料或高科技製品，竊盜情報的專家。

「雅努斯」這個稱呼不是警方或媒體這種外人取的代號。他們自己在交易竊得的情報時就是這麼自稱，進而在地下社會傳開。

「當時剝奪你視力的魔法，應該是他們的特殊魔法『一千零一夜』。」

『一千零一夜？』

「相傳是雅努斯所使用，不屬於系統魔法，也不屬於系統外魔法的特殊魔法。聽說是以關鍵字『Open Sesame（芝麻開門）』與『Shut Sesame（芝麻關門）』發動，引發所有可以套用在『開』與『關』這兩個概念的廣泛現象。」

『芝麻？是阿里巴巴的那個嗎？』

「是的。『一千零一夜』這個名稱應該來自這裡吧。」

『阿里巴巴的故事沒包含在《一千零一夜》的原典吧？』

「……需要計較這個嗎？」

遼介的脫線發言，使得蕾娜不禁傻眼低語。

『沒事，恕我失禮了。』

遼介立刻道歉，大概也認為講這種話沒考慮到時間與場合吧。只不過要是被蕾娜責備，他即使沒做錯應該也會道歉。

『話說您居然知道得這麼清楚，真是了不起。』

「因為對於我們的活動來說，真正的障礙不是激進的反魔法主義者，而是將魔法用在犯罪或是不當的暴力，煽動人們恐懼與反感的魔法師。我身為FEHR的代表，不曾怠忽收集這種人的相關情報。」

和正當政治活動標榜類似主張的激進派，經常毀掉他們的活動成果。

『您說的是。』

遼介大概也心裡有數，以認同的心態附和。

「當時你的眼睛暫時看不見，或許是精神受到干涉導致視野『關閉』。」

『……您知道對抗的方法嗎？』

「這個嘛……」

蕾娜思索片刻。

『…………』

遼介默默等待她的回答。

「……不只是魔法，被限定只能用在特定用途的道具，會在該專業領域發揮強大性能。反過來說，只要包含『開』與『關』這兩個概念都適用的廣義式魔法，在效果上應該不如『倪克斯』這種干涉知覺的系統外魔法。阻斷視覺的持續時間不長也是這個原因吧。」

『原來如此。既然知道效果只能維持數秒，那就可以應對。』

「這始終是推測。別被這個魔法命中……不對，別讓對方使出這個魔法才是最好的對策。」

『先下手為強就是最好的防禦是吧。我知道了。謝謝您。』

「……不可以做得太過火喔。」

聽到遼介充滿幹勁的聲音，蕾娜不由得加重語氣叮嚀。

◇　◇　◇

五月一日，下午五點三十分。

恆星創能股份有限公司的設立典禮平安結束，酒會開始了。

這個時候舉辦酒會有點早。考慮到這裡是距離本州將近一百公里的太平洋島嶼，宴會開始時間設定得比較早，方便賓客可以當天來回。飯店當然也預留足夠的客房，不需要勉強在今天晚上回去。不只是和恆星爐有直接關係的設施，其他設施也在這三年急速充實。

四處拜會賓客的達也身旁站著盛裝的深雪。莉娜也豔麗打扮得不輸深雪，一副理所當然般伴隨在兩人身後。

先前投資恆星爐設施的美國企業（實際上是經由民間企業的ＵＳＮＡ聯邦政府），如今也成為恆星創能的股東。今晚邀請的賓客也因而包括許多美國人。他們在莉娜的拜會之下相談甚歡。

還有一人在會場受到的注目不輸給深雪與莉娜，那就是身穿成熟禮服的真由美。

深雪與莉娜的禮服袖子短到幾乎無袖，卻將肩膀與胸口包得緊緊的。相對的，真由美的服裝是細肩帶禮服。披肩下方大膽露出香肩與胸口。長長的裙襬不會令人覺得過於花俏，不過搭配嬌小窈窕的身材令男性大飽眼福。

藤林則是穿西裝裙套裝參加，和真由美成為對比。她在大多穿雞尾酒會禮服的女性賓客之中獨具一格，卻反而受到年長婦女的歡迎。

此外酒會會場裡沒有遼介的身影。他在幕後負責搬運行李之類的粗重工作。

酒會會場不是恆星爐設施所在的東北地區，而是選在東南地區最大的一間飯店內部。不同於公司設立典禮進行各種展示時的熱鬧氣氛，東北地區現在冷冷清清，但是不用多說，當然不是毫無人影。

昨天剛放任歹徒入侵，而且今天邀請許多賓客前來。戒備比以往還要森嚴。

現在也已經不受理貨船進港載運設施製造的氫氣。這部分已經事先通告，即使沒獲准入港也沒有船隻抗議。幾艘貨船在最後來不及辦理入港而離開。這些船直到明天早上都會停泊在不遠處的外海待命。其中一艘貨船的甲板上，中東裔的男性雙人組以望遠鏡觀察巳燒島。

兩人的臉孔與體型都很像。或許是年齡相近的兄弟或堂兄弟，也可能是雙胞胎。

進出日本港口的貨船乘組員包括中東裔的船員，並不是什麼奇怪的事。世界四大國之中，新蘇聯與大亞聯盟和日本是敵對關係，ＵＳＮＡ與ＩＰＵ和日本是友好關係。阿拉伯同盟和日本現在的關係也算良好。不只在海上，在街上也意外常看得見中東裔的勞工。

但兩人以相同姿勢看著望遠鏡進行的對話，絕對不能以「不稀奇」三個字帶過。

「……看來暫時很難入侵了。」

「嗯。警備態勢的強化應該不只今晚。警衛就算了，我可不想遇到四葉的戰鬥魔法師。」

這兩人是昨晚潛入恆星爐大樓的歹徒。

「巴哈杜爾，那東西的製造資料，你覺得會在那裡嗎？我覺得那是在其他地方製造的。」

「巴赫曼，我也這麼想。那個元件是恆星爐系統的心臟。仔細想想，很可能連出資者都不知道製造過程。」

「你認為在哪裡？」

「雖然沒根據……但不是在ＦＬＴ嗎？巴赫曼，你怎麼想？」

「巴哈杜爾，我的意見和你一樣。不過這麼一來，待在這裡也無濟於事了。」

「是這樣沒錯。不過現在開船會格外引人起疑，應該等到早上。」

「收到。那就在今晚討論接下來的步驟吧。」

「我想想……就這麼做吧。」

兩人放下望遠鏡，離開倚靠至今的扶手前往船艙。

◇　◇　◇

宴會在八點前結束。比預定時間延長近一個小時。因為很多賓客想和達也與深雪「長談」。

達也目送賓客離開，慰勞原本無關的藤林與真由美之後（她們是魔法人聯社的成員，不是恆星創能的職員），和深雪與莉娜一起回到西北地區的別宅。巳燒島還是魔法師重刑犯監獄時期的管理人員居住設施，如今改造成住宅大樓，達也的別宅是頂樓的４ＬＤＫ格局。莉娜來到巳燒島的時候也是住在這裡，使用的是以前水波的房間。

「兩位都辛苦了。」

達也解開衣領，同時慰勞深雪與莉娜。

「達也大人您才辛苦了。要做點吃的嗎？您在酒會沒吃什麼東西吧？」

「不，沒關係。我吃得滿多的。」

「那要洗澡嗎？」

「妳和莉娜先用浴室吧。我排最後就好。」

達也說完進入自己房間換裝。

他取下領帶，脫掉上衣的時候，有人輕敲房門。

「請進。」

「打擾了。」

達也一回應，還穿著禮服的深雪就進入房間。

「浴室我讓莉娜先用了。」

達也還沒開口，深雪就像是解釋般說。

「這樣啊。」

達也點點頭，走向嬌羞低頭的深雪。

然後默默緊抱她的身體。

「啊……」

深雪輕聲吐息。這絕對不是在表示抗拒。

帶著嬌媚的這個聲音不是抗拒，是期待。

達也右手手指托著深雪的下顎。

深雪順從抬起頭。

嘴唇彼此輕觸。

短短一啄，輕如羽毛的一吻。

兩人嘴唇相離，深雪將臉埋進達也胸口。

雖然帶著嬌羞，卻不顯笨拙。

兩人的感情在這三年也已經進展到這個程度。

雖然像是國中生的初戀情侶，不過就達也與深雪看來，這已經是前進了一大步。

莉娜洗完輪到深雪進入浴室，達也換好衣服到飯廳滋潤喉嚨。

剛出浴的莉娜現身前來。

「ＨＡＲ，我要冰咖啡歐蕾。」

莉娜不是拜託達也，而是命令家庭自動化系統提供飲料。

然後她坐在達也正對面，咧嘴一笑。

「達也。我看深雪的臉好像有點紅，你做了什麼？」

「只是吻了她。」

莉娜頓時露出掃興表情。

「就這樣？還在這個階段？」

莉娜輕聲嘆息。

「……既然晚熟就稍微害羞一下啦。還是說你和青少年一樣純情？」

「但我不認為自己晚熟。也不算純情。」

「是喔……既然這樣，我想想，要說『沒出息』嗎？記得日語有這個詞吧？」

「『出息』這個詞原本著重於生活能力與經濟能力。若是當成『骨氣』的意思來使用，嚴格來說不算正確吧。」

「那麼，你沒骨氣。」

達也不禁苦笑。

「不提這個，妳要找我說什麼嗎？」

「等我一下。」

剛好在這個時候，ＨＡＲ控制的自走式推車送來一杯冰咖啡歐蕾。莉娜自己拿起玻璃杯飲用。

「接下來要說正經事。」

「嗯，什麼事？」

依照莉娜的要求，達也的表情多少帶點嚴肅。

「我請STARS調查遠上遼介這個人。結果是……」

「查到什麼了嗎？」

「嗯。他是ＦＥＨＲ的成員。」

「這樣啊。他說從溫哥華返國原來是實話。還以為他好歹會動手腳更改起飛的機場。」

「你知道ＦＥＨＲ吧？」

莉娜揚起視線窺視達也詢問。

達也若無其事點點頭。莉娜好像忘了，不過達也面試遼介的時候提過ＦＥＨＲ這個名稱。ＦＥＨＲ。全名是「Fighters for the Evolution of Human Race」（人類進化守護戰士）的政治結社。是在二〇九五年十二月，為了對抗逐漸激進的「人類主義者」而設立。總部在溫哥華，代表人是蕾娜．費爾。結社的目的是從反魔法主義與魔法師排斥運動保護魔法師的安全——

達也簡潔說明自己對ＦＥＨＲ的認識。

「達也，你還是一樣這麼清楚。不過ＦＥＨＲ被視為可能採取恐怖行動而必須提防的團體，受到ＦＢＩ的監視，這你就不知道了吧？」

「這我確實不知道。」

達也沒裝懂，率直點頭。

「我以為他們還沒實際造成暴力事件，原來只是沒報導出來嗎？」

「不，確實還在具備潛在嫌疑的階段。但是那裡不太妙。」

「哪個部分有危險？」

「教祖的領袖氣質。」

「教祖？」

達也疑惑蹙眉。

「FEHR是宗教團體嗎？我以為是政治結社。」

「活動內容是政治結社。不過成員對領袖蕾娜的忠誠心是盲目的。不，形容為『瘋狂的』應該比較恰當。只要她一聲令下，成員大概願意做出任何事，真的是連自爆恐攻都在所不惜吧。」

「這還真是……蕾娜是什麼樣的人？魔法師嗎？」

「等我一下。」

莉娜喝完冰咖啡歐蕾起身。

「我去拿終端裝置。」

她說著前往自己的房間。

深雪取而代之進入飯廳。

深雪剛出浴的紅潤肌膚好迷人，說起來剛才的莉娜也是。但是深雪溼潤的黑髮給人貞潔的感覺，同時營造一股令人發毛的妖豔魅力。雖然應該是個人喜好的問題，不過果然是深雪更能大幅打動達也缺陷的心。

「達也大人，要再來一杯飲料嗎？」

「謝謝。不過我要等洗澡完再喝。」

「知道了。那我只準備自己的。」

深雪說完親手將花草茶的茶葉放進茶壺。在金屬水瓶裝水，拿起CAD瞬間讓水沸騰。

將開水注入茶壺，將泡好的花草茶移到剛才使用的空水瓶，這次是在瞬間冷卻。

深雪坐在達也正對面，拿起倒入玻璃杯的花草茶喝一口之後稍微蹙眉。從她放下玻璃杯之後輕聲說的「冰過頭了……」就可以知道原因。

「話說回來，您剛才和莉娜聊了什麼？」

不是嫉妒。對於幾乎一整天共同行動的莉娜，深雪已經達到不再嫉妒的階段。她已經知道莉娜對於達也沒有「那種」興趣。

「關於遠上遼介的底細，莉娜好像委託STARS幫忙調查，我正在聽她說明結果。」

「有發現什麼疑點嗎？」

「他原本是ＦＥＨＲ的成員。」

回答的是返回飯廳的莉娜。

「費爾（ＦＥＨＲ）？那是什麼？」

不知道ＦＥＨＲ的深雪當然會這麼問。

「ＦＥＨＲ表面上是主張保護魔法師人權的政治團體，卻因為可能發動恐怖攻擊而被ＦＢＩ監視。」

雖然是將剛才對達也的說明重複一次，但莉娜絲毫沒露出不悅表情。

「然後，關於ＦＥＨＲ的代表人蕾娜・費爾……」

莉娜坐在深雪身旁，打開電子紙的開關。

讓觸控筆在紙上遊走，輸入搜尋字詞。

想要的資料立刻顯示在紙上，所以她放下筆。

「蕾娜・費爾。本名是蕾娜・施瓦里。依照聯邦政府的記錄，是在二〇七〇年六月出生於魁北克的法裔女性。確認她直到二〇八一年七月都住在魁北克。雖然在八年前搬到溫哥華，但是二〇八一年八月到二〇九二年八月這十一年居住地不明，說不定待在國外。」

「既然政府掌握不到她的下落，那她可能是偷渡出境嗎？」

「也可能是被擄走。蕾娜・施瓦里擁有特異體質。今年肯定已經滿三十歲，外表年齡卻是十六歲左右。在魁北克的時候也是，記錄寫到當時十一歲的她看起來頂多像是五歲左右。」

「……老化遲緩症候群嗎？」

「是的，有這個可能性。」

老化遲緩症候群——慢老症。這是小說作家麥特・海格的作品《時光邊緣的男人》主角罹患的先天性疾病。「老化遲緩症候群」這個名稱是麥特・海格自創的，但現實也發現有人「疑似」罹患這種症狀，所以採用為暫定的病名。

之所以強調「疑似」，是因為醫學上沒確認老化速度真的變慢。不，應該說醫學上確認的資料沒有對外公開。

「所以可能曾經被擄走？」

「就是這麼回事。」

莉娜點頭回應。此時深雪插話詢問達也。

「達也大人，老化遲緩症候群是成長速度變慢的疾病嗎？」

「不知道該說是疾病還是體質。如果只是老化速度變慢，也可以說是一種健康的形式。」

深雪略顯不解，達也以缺乏音調起伏的聲音回答。

「難以老化……所以可能曾經被擄走？」

深雪驚訝睜大雙眼詢問，達也略有難色點點頭。

稍微發揮想像力就能理解吧。老化速度變慢的體質。這是令掌權者垂涎三尺的目標。不擇手段想獲得這個祕密的掌權者肯定不在少數。

大概是不喜歡沉重的氣氛，莉娜開始提到報告書的其他部分。

「住在魁北克當時的蕾娜沒檢測出魔法資質。這應該也是老化遲緩症候群的影響。可能是身體的成長也拖累了魔法的成長。」

「因為這樣沒被政府發現延攬嗎……那麼蕾娜．費爾擁有什麼魔法？」

「可惜這部分沒有查明。好像是強力的精神干涉系魔法，而且不是攻擊型，是治癒內心的類型。」

「賦予療癒效果的精神干涉系魔法嗎？確實是最適合培養瘋狂信徒的魔法。」

「賦予快樂的精神干涉系魔法是一種毒品，即使如此卻很難管制。畢竟不容易從外部觀測，也不會留下使用痕跡。真的是棘手至極。」

「表面上只是擅長掌握人心的指導者是吧。」

「就是這麼回事。」

莉娜嘆了長長的一口氣。

「莉娜，妳認為遠上先生或許也落入那位蕾娜小姐的掌控嗎？」

向莉娜提出這個關鍵問題的不是達也，是深雪。

「不是或許，我是這麼確信的。但我承認沒有足夠的根據就是了……至少他確實擁有強大的戰鬥力，這種人不可能沒察覺達也的恐怖。但他還是堅持想加入聯社，所以肯定是基於相當重要的原因。比方說教祖賦予某個比自己性命還要優先的使命。」

「什麼使命？」

莉娜將事態看得意外地嚴重，深雪見狀發問。

「這我不知道……不過總之他很危險。瘋狂的信徒不知道會做出什麼事，所以絕對不該疏於監視。」

「我覺得是妳想太多了……」

莉娜這個結論似乎操之過急，深雪表示質疑。

但是達也沒反駁莉娜的意見。

[6] 沒有實體的攻防

五月二日上午八點半。達也與深雪的別宅接到一通電話。

『早安，深雪小姐。您今天心情好嗎？』

出現在螢幕上的是亞夜子。即使是星期日早晨，她的服裝打扮依然無懈可擊。

「早安，亞夜子小姐。我心情很好喔。妳也是一點都沒變。」

『謝謝。都是託您的福。』

「所以怎麼一大早打來？有什麼急事嗎？」

服裝打扮同樣無懈可擊的深雪詢問亞夜子的用意。

『雖然不是很緊急，但我想早點報告一件事。』

「是要向達也大人報告？」

『是向兩位報告。我想在今天登門拜訪，請問方便嗎？』

「早安，亞夜子。」

至今在一旁聆聽的達也，站到鏡頭前面參加對話。

『早安，達也先生。昨天您辛苦了。』

「亞夜子妳也辛苦了。不好意思，把戶外的警戒工作交給妳。」

『不，請不用在意。』

昨晚為了避免受邀的賓客發生什麼三長兩短，達也請亞夜子和文彌一起防範可疑人物接近。

『本來應該要協助接待賓客，但我對那種類型的宴會有點……所以我反而很感謝您安排我去外面。不過我並不討厭宴會本身就是了。』

即使同樣歸類為特級美女，亞夜子和深雪也有很大的差異。那就是亞夜子吸引男性好色視線的傾向比較強烈。在同年紀以下的場合還好，在年長男性身上就非常顯著。

或許可以說是性魅力很強吧。以亞夜子的狀況，即使穿得比較保守，別人還是會投以那種目光。以深雪的狀況大概是男性會覺得卻步，所以不會明顯暴露在這種視線之下。

亞夜子是優秀的戰鬥魔法師。即使承受異性色瞇瞇的目光，也不會感受到身體上的危機。但是難免覺得不舒服。她還沒達到被這種視線激發優越感的層級。

「這妳真的不必在意。所以——」

達也知道亞夜子為這種視線厭惡症所苦，為了避免這個話題拖太久而回到正題。

「——妳說有急事要報告？」

『是的。我認為愈快愈好。』

改變話題之後，亞夜子看起來也稍微鬆了口氣。

「立刻過來也可以喔。」

雖然是以視訊電話交談，不過亞夜子他們住在同一棟大樓的樓下。

『可以嗎？』

畫面中的亞夜子看向深雪。

「嗯，沒問題。」

達也都說可以了，深雪不可能拒絕。

『我立刻過去。』

亞夜子在畫面上恭敬鞠躬。

視訊電話的螢幕在這個狀態關閉。

◇ ◇ ◇

「遠上遼介是ＦＥＨＲ首領蕾娜・費爾的手下。」

亞夜子報告的是這件事。

「……那個，難道各位已經知道了？」

看到達也、深雪與莉娜表情變得微妙，亞夜子略顯遲疑這麼問。

「……對不起。這我已經請STARS查過了。」

「呃，STARS啊……」

莉娜的回答使得亞夜子垂頭喪氣。看來她終究難掩失望。

「那麼，各位也已經知道潛入設施的歹徒是『雅努斯』嗎……？」

「雅努斯？不，這我第一次聽到。原來真的有人入侵啊。」

不過達也這句回答令亞夜子恢復活力。

「『雅努斯』是人名嗎？」

「我也沒聽過。是某種代號嗎？」

深雪與莉娜接連詢問亞夜子。

「如莉娜小姐所說，『雅努斯』是某個犯罪魔法師雙人組在美國地下社會的代號。」

對於深雪與莉娜的疑問，亞夜子以得意表情大說特說。

「他們是在這兩年出名的。之前好像是在東歐活動。」

「兩年前……難怪我不知道。」

莉娜辯解般低語。她是在三年前來到日本。既然是這兩年的事，她不知道也在所難免。

「為什麼知道是雅努斯的犯行？現場沒留下任何線索啊？」

「達也先生。入侵恆星爐大樓的歹徒身分可能是雅努斯，這個結論其實不是我推測的。」

亞夜子一改表情，取出錄音器放在餐桌。

「昨天凌晨，遠上遼介在東北地區的港口打了一通衛星電話。」

「妳竊聽了？」

「是的。通話對象是蕾娜・費爾。」

亞夜子有兩個拿手魔法。首先是加重、聚合與移動系的複合魔法「疑似瞬間移動」，再來是聚合系魔法「極散」。

後者的「極散」是在指定領域隨意將氣體、液體、物理能量的分布平均化，導致無法識別的魔法。將反射光的光波混入廣域光波，藉以消除自己的身影。或是將音波擴散之後和其他聲音合成，轉變為無法識別的細微雜音，就不會被人聽見她的聲音。

其實亞夜子也可以逆向進行這個程序。將擴散到寬敞空間的聲音蒐集起來，回復為有意義的聲音訊號。雖然不像消除聲音那麼拿手，不過如果是幾十公尺左右的距離，她可以將細語聲復原為可以錄音的狀態。

她就是以這個魔法竊聽遼介與蕾娜的衛星電話。

「雖然有點長，不過我從頭播放。各位請聽。」

錄音器傳出遼介與「少女」的聲音。兩人是以英語對話，不過場中沒人需要翻譯。

「如果不是察覺亞夜子在竊聽而故意演這場戲……」

「那麼關於前天晚上的事件，遠上先生其實是清白的。」

深雪接續達也的話語做出這個結論。

「等一下。他在那個事件可能是無辜的……」

但是莉娜立刻反駁。

「不過這就確定他是FEHR的臥底幹員了吧？就這麼把他留在魔法人聯社沒問題嗎？」

「兩位，我認為現在應該先處理雅努斯的問題。」

聽到亞夜子的指摘，深雪與莉娜露出被點醒的表情閉嘴。

「話說回來，達也先生。」

亞夜子將視線轉向達也。

「什麼事？」

「假設正如蕾娜．費爾的推理，入侵者是雅努斯……」

對於這個前提，達也沒提出異議。

「那麼雅努斯的目標是什麼？」

「雅努斯會將竊取的資料賣到黑市賺取利益。是吧？」

「是的。依照我們的調查是這樣沒錯。不能斷定只有金錢上的利益就是了。」

「先不管報酬形態。恆星爐的相關資料當中，價值最高的應該是人造聖遺物的製造方法。」

達也毫不猶豫如此回答亞夜子的問題。

不只是恆星爐，核融合爐一旦停止控制，核融合反應就會停止。恆星爐——重力控制魔法式熱核融合爐的魔法一旦停止發動也會中止運作。

生成的電力目前還只用來製造氫氣，所以即使沒有連續發電也不成問題。但如果當成發電廠負責供電給社會上的基礎建設，就必須維持全天候二十四小時持續運作。換句話說必須持續使用魔法驅動恆星爐。

人造聖遺物具備儲存魔法式的效果。如果沒有人造聖遺物，恆星爐運作的時候必須一直有魔法師待在旁邊。如果是全天候二十四小時的體制，就是全天候二十四小時都要有人在。

這樣的話，魔法師等同於恆星爐的元件之一。

既然是全天候二十四小時持續運作，當然會採取輪班制，不過這等於是將魔法師納入恆星爐這個發電系統。就像是無聲電影時代的名作《摩登時代》戲謔描寫的生產線工人那樣。

這麼一來只是從兵器改成發電機。魔法師無法擺脫身為道具的宿命。用來解決這個問題的王牌，就是具備魔法式儲存效果的人造聖遺物「儲魔具(Magistore)」。但原文裡的「store」不是「店舖」，而是「儲藏所」的意思，「magi」是「魔法」的簡稱，同時也有「魔咒」或「蠱」的意思。

在使用儲魔具的情況下，以現在的技術水準，只要每六個小時將魔法式輸入這個人造聖遺物並且起動，就可以維持恆星爐的運作。將來可望將性能提升到只要十二小時使用一次。這麼一來，負責驅動恆星爐的魔法師，包含準備時間在內，只要每隔十二小時工作二十到三十分鐘左右就好。或許必須隨時待命以便處理緊急事態，不過這和全自動化的工廠沒有兩樣。換句話說勞動負擔將會減輕到等同於將勞動力全面替換為產業用機器人的工廠生產線監視員。

此外這裡說的六小時一次（將來會變成十二小時一次），是使用儲魔具存放的魔法式持續發動魔法的時間，不是儲魔具存放魔法式的有效時間。輸入的魔法式只要不受外力干擾，就能以數個月為單位長期保存。

輸入儲魔具的魔法在輸出的時候，也會經過各種機密程序。不提這個，在能夠竊取的資料當中，儲魔具的製作方法應該可以賣到最好的價錢吧。

「那麼，潛入圍阻室的歹徒目的是……」

「應該是想從恆星爐主體竊取人造聖遺物吧。」

深雪說到一半的推測，由達也以補足話語的形式肯定。

「不過即使取得人造聖遺物，也不是輕易就能複製的東西。」

達也想起昔日複製聖遺物耗費的龐大心力，露出嘲諷的笑容。

「不過多虧亞夜子，我大致猜到歹徒的下一個目標了。」

「是嗎？」

「咦，是哪裡？」

聽到達也隱含自信的低語，亞夜子與莉娜露出驚訝表情詢問。

只有深雪臉上寫著「達也大人當然猜得到這種小事」。

「ＦＬＴ。」

達也以短短一句話回答兩人的問題。

◇　◇　◇

五月四日。遼介依照達也的命令，從前一天就來到魔法人聯社總部所在的町田。搬到伊豆員工宿舍的計畫暫時延後，他住在總部旁邊預留給ＦＬＴ研究所職員的商務旅館。

遼介剛從溫哥華回國，甚至還沒去買入住員工宿舍所需的生活用品。宿舍會預先準備床、餐桌、椅子或書桌等家具，家事只要交給ＨＡＲ就不用買廚具或打掃工具，不過寢具與餐具需要自己打理。由於必須空出時間準備這些用品，所以遼介很感謝達也指示他暫時住在町田。

只不過在另一方面也無法接受。

遼介為了洗刷自己的嫌疑，原本已經下定決心要住在恆星爐設施。不過被趕出巳燒島之後甚至沒機會捉賊。

自己果然會被開除吧。

這樣的不安在遼介腦中揮之不去。

「早安，遠上先生。你今天也好早。」

「早安。」

在上班時間五分鐘前進入辦公室的同事這麼說完，遼介以開朗聲音——裝出開朗的聲音問候回應。上班前一小時進公司的不當習慣，在勞動相關法令嚴格執行之後，表面上似乎已經根絕。

工作地點剛決定就被變更的不只是遼介一人。

「七草小姐，今天要怎麼做？」

「目前應該不需要去伊豆。既然知道需要的資料可以在這裡取得，我想處理今後要繳交給公所的文件。」

真由美也和遼介一樣受命暫時在總部工作。

為了逮捕非法入侵者，達也指名真由美擔任遼介的搭檔。

這個人選也是遼介無法接受的一個點。

真由美也因為暫時停止去魔工院上班，所以搬進伊豆員工宿舍的計畫中斷。現在是從自家通勤。

雖然姑且規定上下班時間，不過待在辦公室的時間，達也說可以自己酌情自由調整。但是目前沒有特別緊急的工作，所以真由美準時上下班。

換句話說，晚上她待在自己家。這麼一來從一開始就無法搭檔抓竊賊。

（那個男的到底在想什麼……）

遼介在腦中將達也稱為「那個男的」發牢騷。

◇◇◇

達也當然在提防入侵的歹徒「雅努斯」。也不可能沒做任何逮人的準備。

這裡是ＦＬＴ開發第三課裡的人造聖遺物「儲魔具」祕密生產線。

藤林在全自動生產線的中控電腦室值班。並不是今天湊巧，而是從星期日至今連續三天。當然是輪班制。保管在ＦＬＴ的人造聖遺物製作資料是全天候二十四小時受到監視。

「……來了。」

下午三點。

藤林守株待兔的控制台螢幕，映出駭客入侵的明顯徵兆。

「達也的預測完全正確。」

藤林不經意以之前的稱呼方式自言自語。

「對方想要的是資料，既然入侵建物失敗，接下來就是入侵電腦。這個推理只不過位於常識範圍內，我覺得就算猜中也不算什麼天才。」

藤林自言自語的內容，頗難判斷是在稱讚還是數落達也。

「不過既然發現，我就會好好對付他們。」

藤林一副躍躍欲試的樣子加上這句話。

◇◇◇

五月二日傍晚，雙人組「雅努斯」——巴哈杜爾．墨菲德以及巴赫曼．墨菲德，偽裝成貨船船員在川崎港登陸，潛伏在提供外勞入住的廉價旅館。使用昨天偷來的個人用筆記型終端裝置，透過同樣是偷來的無線路由器，以別人的帳號連接全域網路，嘗試入侵FLT的內部網路。

駭客工具的軟體比硬體重要，技能比軟體重要。雖然這麼說，但人類的輸入速度不可能比得上AI的對抗速度，所以需要以軟體支援技能。而且執行高水準的軟體需要高性能的硬體。即使技能再強，也不可能以這種臨時拼湊的工具入侵固若金湯的高科技企業內部網路——本應如此。

然而……

（「芝麻開門（Aftah ya Samsam）。」）

每當巴哈杜爾朝著終端裝置螢幕發射編輯成咒語形式的念力波，防火牆就被破解。

簡直像守衛自己打開門鎖邀請盜賊入內。

不過，巴哈杜爾就只是注視著螢幕。沒動到鍵盤、滑鼠指標或是觸控筆。操作終端裝置的是巴赫曼。他坐在旁邊以另一台連線的終端裝置輸入指令。

「巴赫曼，到哪裡了？」

「大概剩下一到兩層防火牆吧。快成功了，巴哈杜爾。」

並不是因為巴哈杜爾不擅長使用機器。要以魔法解除網路保全系統，必須注入所有精神上的資源，所以他沒有餘力操作情報終端裝置。

不能分類的魔法「一千零一夜」。不管是精神現象或物理現象，只要是包含「開」與「關」這兩個概念的對象，都能以這個魔法干涉。在這個場合是將上鎖的網路閘門「打開」。讓系統誤認是正規連線。

巴哈杜爾與巴赫曼是ＢＳ魔法師。「ＢＳ」意味著「天生特異的（Born Specialized）」魔法使用者。別名「先天特異能力者」或是「先天特異魔法技能者」。

他們和其他的ＢＳ魔法師一樣，無法使用「一千零一夜」以外的魔法，也因而被一般的魔法師瞧不起。這也是ＢＳ魔法師的常態。

不過相較於其他的ＢＳ魔法師，他們的「一千零一夜」應用範圍較廣。只有其中一人的話稱不上方便，但是只要同時具備「開」與「關」就做得到很多事。

不過前提是兩人共同行動。「一千零一夜」這個名稱來自「雅努斯」這個魔法。巴哈杜爾只能使用「Ｏｐｅｎ　Ｓｅｓａｍｅ」，巴赫曼只能使用「Ｓｈｕｔ　Ｓｅｓａｍｅ（芝麻關門）」，開或關只能由其中一人進行。

巴哈杜爾與巴赫曼的外表相似到像是雙胞胎，但其實毫無關係。「墨菲德」這個姓氏也只不過是恰巧一致。他們一認識彼此就立刻察覺到，只要兩人聯手，天生的特異魔法就可以增加好幾倍的用途。後來他們組成搭檔，開始反抗這個冷視他們的社會。

剛開始是只有兩人的反抗。不，名義上是「反抗」，做的卻只是竊盜行為。不過他們兩年前被現在的組織收容，加入正式反抗人類社會的陣容。

他們嘗試竊取人造聖遺物的製作方法，也是組織的命令。組織首領企圖利用人造聖遺物「儲魔具」，製造出ＢＳ魔法師或是實力不到實戰等級的魔法師也能自在使用的魔法兵器。

「好！巴哈杜爾，我到了。」

聽到巴赫曼這句話，巴哈杜爾吐出長長的一口氣。

「有人造聖遺物的資料嗎？」

巴哈杜爾問。

「等一下。可惡，這個檔案系統是怎麼回事，居然沒以樹狀形式整理……以這個終端裝置的作業系統，只能對整個資料庫進行搜索了。」

巴赫曼以憤怒語氣回應。

「雖然很花時間，但也不得已吧。」

「是啊。」

巴赫曼開啟終端程式輸入搜尋指令。這個方法雖然原始卻最快。

巴赫曼注視的螢幕開始有字串捲動，代表正在進行搜尋。

不過沒多久就停止了。

「當機嗎？便宜的大爛貨。」

巴赫曼出言咒罵。

「不對，不是當機。」

然而巴哈杜爾在一旁皺眉。他的連線終端裝置正在監控網路效能。

「巴赫曼，我們被反入侵了！」

巴哈杜爾在大喊的同時按下電源鍵，試著強制關閉終端裝置。

然而終端裝置沒有關機。

他出聲咒罵，拔掉無線路由器的電源線。

這樣肯定就切斷網路連線了。

即使如此，他們的終端裝置依然繼續遭到入侵。

巴哈杜爾立刻理解發生什麼事。

「是從別的路由器……？」

雖然難以置信，不過網路另一側的敵人占據這間旅館附近的另一台路由器，入侵他們的終端裝置。

「巴赫曼，關閉！」

「收到！」

（「芝麻關門（Akh'us ya Samsam）。」）

巴赫曼的魔法發動。

終端裝置和全域網路的連結「關閉」了。

終端裝置像是現在才想到般關機。

「巴赫曼，快逃吧！」

「知道了！」

對方應該沒完全查出他們的所在位置，但是肯定已經將範圍縮得很小。

兩人十萬火急逃離廉價旅館。

◇　◇　◇

「明明只差一步了……」

藤林在控制台前面懊悔低語。

「不過，這就是『一千零一夜』啊。挺令我感興趣的。」

但她立刻回復為冷靜的專家表情輕聲說。她在四葉家進行的研究，是從魔法的觀點定義電子情報網路。剛才對方展現的魔法，是電子情報網路也和物理事象一樣受到魔法影響的例子。藤林心想等到這個事件結束，要將這個例子用在自己的研究。

她想到這裡切換意識。

離開生產線管理電腦的控制台，坐在編碼通訊專用終端裝置前面。

收件人是統括四葉家傭兵部隊的花菱管家。

輸入的文字如下。

『歹徒潛伏的地點位於川崎市××區××町×丁目××番地半徑二十公尺範圍內。推測是簡易住宿設施。』

如藤林所說，她只差一步就完全查出雅努斯的藏身處。

四葉家的調查部隊依照藤林提供的情報趕往現場打聽情報。結果他們查出雅努斯下榻的廉價旅館，得到「外表是中東血統，大概是波斯裔的兩名男性，身高一七〇到一七五公分」的線索。只可惜旅館的監視器系統被「關閉」，沒能取得影像資料。

[7] 追蹤

五月五日（在這個世界的日本不是國定假日）。

達也隔了一週再度來到大學。最近每週都只來上學一次，達也自己也稍微感受到危機。

只是說巧不巧，第一節課臨時停課。這在現代的大學很罕見。因為校方尊重學生權利，講師基於個人因素的停課次數減少，不得已有事停課的話，至少要在前一天傳送通知到學生的個人終端裝置，這樣的習慣已經確立。

「達也先生。」

深雪與莉娜在上另一門課。達也閒著沒事亂晃時，一個偏低的女性聲音從後方叫他。

達也轉身一看，一名男生打扮的「平胸美女」跑向他。

「文彌。」

不，這個人其實是打扮成中性或女性都不突兀的短髮男學生。達也的從表弟黑羽文彌。

說來遺憾，文彌的身高在高中那三年沒發育到符合期待。最後是在一六五公分停止成長。只比平均身高低五公分左右，所以或許不必那麼難過。不過文彌的親人之中有許多長得高的男性。達也是一八二公分，父親貢也有一七七公分。遠親新發田勝成甚至長到一八八公分。

文彌當然（？）期待自己也能長得人高馬大。雖然現在個子矮，但很快就會長高——他在國中時代以及高中前兩年都一直這麼想。

但他到了高中三年級就接受事實了。迎接十八歲的生日，接受自己再也不會長高的事實……文彌看開了。

結果就是現在性別不詳的這個樣貌。

雖然這麼說，但他並不是癖好變得扭曲，也不是男扮女裝的嗜好覺醒。只是拋棄對於「男人味」的執著。不，說他拋棄對於「男人味外表」的執著比較正確。他主要是採納亞夜子的意見，打扮成「適合自己」的樣貌。

除了文彌心情上的理由，也有實質利益上的意義。

沒上妝的文彌是散發魅力的紅顏美少年。明明即將滿二十歲卻是「美少年」。在大學生之中搶眼無比。

不過只要加上現代男性也會化的適度淡妝，看起來就是普通的美女。魔法師不論男女大多有著漂亮的傾向，魔法大學裡的美女也很多，甚至相傳是首都圈美女最多的大學。在這種環境下，文彌被誤認為女性比較不會引人注目。

身為負責四葉家諜報工作的黑羽家成員，與其顯眼還不如被誤認為女性。即使在大學外部，中性打扮看在眾人眼裡也是比較嬌弱，不會被察覺實力。文彌直到成為大學生才終於學會利用這個優勢。

只不過必須小心拿捏以免失準。因為文彌要是認真妝扮，就會從普通美女變成頂級美女。

……話是這麼說，但達也不會認錯文彌的性別。他即使看見文彌面帶笑容跑過來，也不會像是不知道真相的男學生那樣色心大起。

「達也先生也停課嗎？」

「你也是嗎？」

「是的。」

聽到達也反問，文彌開心點頭。

「達也先生，要不要去校外的咖啡廳？」

「那間嗎？」

「是的。」

達也現在沒有高中時代的艾尼布利榭那種堪稱「熟店」的店，不過文彌有間常去的店。達也也被文彌邀請光顧過好幾次。不過是大學生活進入第三年才終於去過「好幾次」。

「就這麼做吧。」

那間店從大學走過去約五分鐘。不用擔心下一節課會遲到。

◇　◇　◇

達也他們兩人坐在咖啡廳最深處的四人桌。店內的女學生很多。不只因為雅緻的裝潢受到女性喜愛，每張桌子以復古風格的屏風完全隔開不會被其他客人看見，是更加受人喜好的特色。

文彌在櫃檯領取兩人份的咖啡，不麻煩店員就熟門熟路自己用托盤端過來。這副模樣如果被說是這間店的女服務生也不突兀。不過他身上不是連身服或裙子，也沒穿圍裙。

實際上也有客人這麼誤會，但文彌完全不在意這些隱含誤解的視線回到座位，將咖啡杯放在達也面前。

「達也先生，你最近好像更忙了。」

文彌留著托盤沒歸還，一邊坐下一邊向達也搭話。

「也為你們添麻煩了。」

「請不用在意，因為這是工作。」

達也說的「麻煩」以及文彌說的「工作」，是要追蹤先前入侵恆星爐設施又入侵ＦＬＴ網路的犯罪魔法師搭檔「雅努斯」。有鑑於恆星爐是四葉家的重要事業，追捕雅努斯的任務從花菱管家旗下的傭兵部隊轉由黑羽家負責。

「天黑之後，我也會加入搜索行列。」

文彌白天沒加入追蹤行列，並不是因為大學有課，是因為文彌在白天行動過於顯眼。高中時代的少女扮裝終究不能用了。不是好惡的問題，是會散發太強的魅力。就算這麼說，但文彌是細瘦的男性體型，所以也不適合色誘。他也曾經因而吃了不少苦。

「拜託了。我自己能出動的話就好，可是……」

「要是達也先生出動，情報部那邊會雞飛狗跳的。」

文彌以嚴肅表情指摘。

這不是什麼玩笑話，自從三年前的那一天，國防軍情報部與公安警察都密切注意達也的一舉一動。

對於文彌的指摘，達也只能苦笑回應。

◇　◇　◇

雅努斯所屬的組織在日本沒有據點。毫無後援的兩人陷入困境。

入侵網路被反向偵測還只是昨天的事。現在是下午將近四點。明明只經過短短一整天，巴哈杜爾與巴赫曼卻都感覺到包圍網確實縮小。

兩人都沒看見追兵的身影。不過在地下社會存活至今的直覺告訴他們，敵人已進逼到附近。

雅努斯的兩人認為自己被逼入絕境是很沒道理的事。

肯定沒有粗心大意在旅館留下線索。

如果是當場被抓還可以接受。

明明成功逃離被反向偵測的現場，為什麼會這樣被追著到處跑？

兩人位於一棟適合家庭居住的公寓，正在某戶的飯廳用餐。不是空屋。家裡有主婦。她正在隔壁房間心不在焉看電視。兩人入侵之前，她大概是家事做到一個段落正在休息吧。這一家看起來不太富裕，家庭自動化系統只具備最底限的功能。即使如此，家事還是比五十年前省力得多，不過可能會讓現代的日本女性感到不便。

雅努斯刻意選擇有人在家的私人住宅，是因為依照經驗知道這種場所的保全設定比較寬鬆。以巴哈杜爾的魔法打開玄關門鎖，以巴赫曼的魔法關閉主婦的意識。即使是沒有魔法抵抗力的普通人，這種狀態也只能維持三十分鐘，但是這段時間已經來得及吃喝填飽肚子。而且即使主婦回復意識，應該只認為自己剛才在小睡吧。

「巴赫曼，我在想……」

巴哈杜爾咀嚼即食食品的雞肉吞下肚，向同樣吃著即食食品海鮮披薩的巴赫曼開口。

「……巴哈杜爾，什麼事？」

巴赫曼吞下嘴裡的食物回應。披薩剛好在這一口吃完。

「我們把筆記型終端裝置留在那間旅館吧？」

「你覺得那東西成為追蹤的線索？可是指紋當然不用說，連一滴汗都沒留下啊？」

他們在加入現在的組織之前是單純的竊盜犯。沒有後盾的兩人除了魔法也鑽研竊盜所需的技能，保障自己絕對不會被逮捕。其中最重視的就是不留證據。指紋自然不在話下，從體液採取的DNA也會成為決定性的證據。兩人不必特別注意，也會小心別噴出汗水或唾液。

「你也一直戴著手套吧？」

如巴赫曼所說，兩人至今也戴著手套。是在這個家找到的新品。直到剛才使用的舊手套已經用烤箱焚燬。

「如你所說，沒留下任何物證。這可以肯定。」

巴哈杜爾認同巴赫曼的主張。

巴赫曼從這句話察覺搭檔想說什麼。

「你是說他們以接觸感應之類的方式追蹤？」

「這麼想就可以接受。」

巴哈杜爾點頭回應巴赫曼這句話。

「對方是那個四葉家。旗下有接觸感應的超能力者也不奇怪嗎……」

巴赫曼以嘆息般的語氣附和。

「巴赫曼，以防萬一。」

巴哈杜爾不需要繼續說下去。

他的意圖經由合作無間的默契傳達給巴赫曼。

「嗯。雖然不知道是否做得到，但我試著以魔法關閉殘留思念的通道吧。」

巴赫曼集中精神使用「Shut Sesame（芝麻關門）」的魔法，妨礙對方以接觸感應搜索。

◇　◇　◇

留在廉價旅館的筆記型終端裝置，上面的殘留思念成為追蹤兩人的線索。巴哈杜爾他們的這個推測是對的。

「……他們好像發動妨礙術式了。這就是叫做『一千零一夜』的魔法嗎？」

「追得到嗎？」

「線沒斷，所以沒問題。」

但他們以為能以「一千零一夜」擺脫追蹤的想法是錯的。

黑羽家旗下確實有數名接觸感應的超能力者。不過這次受命追蹤雅努斯的不是他們。

在黑羽家，能知覺到殘留思念的人不算稀有。雖然有強度上的差異，不過大概五人就有一人擁有「視認」並追蹤殘留思念的能力。

其實放眼全世界，單純能知覺到殘留思念的天分並不稀奇。號稱直覺敏銳的刑警或偵探下意識使用這種能力的例子比比皆是。

不過只有極少數人可以從物體殘留的思念解讀影像或是意義明確的情報。「能解讀影像或是意義明確的情報」這種罕見能力的人，是被稱為「接觸感應師」的超能力者。

擁有殘留思念知覺能力的人，唯一能做的只有追蹤。接觸感應師的能力也只是讀取殘留思念裡的過往情報。想精確查出搜索對象的現在位置，真要說的話屬於「占卜師」的領域。或者是達也這樣可以讓情報從現在回到過去再返回現在的「超越者」領域。

知覺通道一旦被關閉，術士就無法從遠方尋找和殘留思念相同的氣息。但是不會影響術士循著「對方行經各個場所留下的思念」進行追查。

黑羽家的追蹤部隊併用兩種方法追蹤。第一種方法也稱為「逆轉交叉方位法」，是從三個地點觀測和殘留思念一致的氣息來自哪個方向，藉以算出大略的位置。第二種方法是循著殘留思念追查對方。第一種方法已經被巴赫曼的魔法妨害，不過循著「相連的線索」進行追查的追蹤方法不會牽涉到「關」的概念。

逆轉交叉方位法（暫稱）無法使用，效率也因而下降。不過已經知道相當接近，不用擔心對方逃出手掌心——黑羽家派遣的追蹤部隊眾人都抱持這份自信。

◇　◇　◇

上完大學課程的達也，前往町田的魔法人聯社總部。

「七草小姐。妳明天晚上有什麼行程嗎？」

他一坐在辦公桌後面，就把真由美叫來這麼問。

「沒有，怎麼了嗎……？」

「那麼明晚我想請妳幫個忙。」

聽到這句話，真由美疑惑皺眉。

「幫忙？不是加班？」

「不是聯社的工作。我想請七草小姐以Magist的身分提供助力。」

「『Magist』……啊啊，以魔法師的身分是吧。請問究竟是什麼樣的工作？」

明明前一句才說不是工作，不過達也沒指摘這一點。

「妳知道前幾天有歹徒入侵巳燒島的恆星爐設施嗎？」

「知道，不過只是略有耳聞。」

遼介在同一個室內空間的自己座位聽她這麼說，在內心大喊「和說好的不一樣吧！」抗議。遼介為了洗刷冤屈而表明想親手逮捕那天晚上的歹徒時，達也提出「要有搭檔陪同」的條件，而且達也為遼介挑選的搭檔就是真由美。

換句話說，她應該是協助逮捕那天晚上歹徒的搭檔。但她不知道入侵事件的詳情，遼介只覺得和說好的不一樣。

達也不顧遼介的憤怒（說不定早就察覺了），面不改色繼續和真由美交談。

「歹徒可能在最近入侵隔壁的研究所。」

「ＦＬＴ的研究所？歹徒的目標是銀式嗎？」

魔法人聯社總部位於ＦＬＴ開發第三課研究室的隔壁大樓。達也在二〇九七年五月底的記者會宣布「托拉斯・西爾弗」解散之後，開發第三課繼續以「銀式」這個名稱向世間推出ＣＡＤ。隔壁的開發第三課大樓叫做「研究所（ＬＡＢＯ）」，但同時也是工廠——英語的「Laboratory」也有「藥物等產品的製造廠」這個意思，所以沒什麼好奇怪的。

不提這個，說到ＦＬＴ開發第三課就會聯想到銀式ＣＡＤ，魔法相關人士普遍都會這麼想。真由美的推測不能說是錯的。

「應該不是。」

不過達也的回答是「否」。

「歹徒的目標應該是委託第三課製造的人造聖遺物『儲魔具』。」

「人造聖遺物是在隔壁大樓製造的？」

「儲魔具」這個名稱不算普及，不過人造聖遺物是恆心爐系統的心臟部位，這件事算是相當廣為人知。

「我一直以為是在恆星爐設施內部製作的。」

不只是真由美一個人這麼認為。知道人造聖遺物與恆星爐關係的人，大多和她抱持同樣的想法。

「儲魔具需要的數量還不多，所以使用小規模的生產線就好。」

恆星爐運作所需的魔法有「重力控制」、「第四相變」、「中子護罩」、「γ射線濾膜」、第二次的「重力控制」，再加上「庫侖力控制」共六種。一種魔法需要兩個儲魔具，一座恆星爐需要十二個儲魔具。

現在增設中的恆星爐是十八座。加上正在運作的六座，也只要兩百八十八個儲魔具就夠。人造聖遺物「儲魔具」並不是一兩天就能組裝完畢的東西，不過是成年女性可以單手握在掌中的小巧物體，既然只要這種程度的數量，製造時不必用到寬敞的場所。

「而且我想請七草小姐和遠上先生搭檔保護儲魔具的生產線。這不是魔法人聯社的業務，不過妳願意答應嗎？」

「七草小姐！」

遼介終於按捺不住而起身。

「我也要拜託！請幫我這個忙！」

看來遼介只要激動起來，語氣就會變得粗魯。或許他意外是個熱血漢子。

「……有什麼隱情嗎？」

真由美一邊在意達也的眼神，一邊轉身面向遼介詢問。

「歹徒入侵恆星爐設施那晚，我就在現場。我只是察覺不對勁過去看看，卻在歹徒逃走的時候掃到颱風尾，被懷疑是他們的共犯。我一定要洗刷這個冤屈！如果做不到，我就必須辭職離開這裡。我想繼續在魔法人聯社工作！」

剛開始一臉吃驚的真由美逐漸平復心情，最後變成冷靜深思的表情。這表情彷彿是一高學生會長時代的她。

「我知道了。」

真由美向遼介點點頭，重新轉身面向達也。

「常務。我願意接下明晚的警備工作。」

「謝謝。明天不必來聯社上班沒關係。當然也不會視為請假或缺勤。」

「我明白了。大概要幾點過去研究室？」

「麻煩下午六點過去。遠上先生也沒問題吧？」

「收到！」

遼介大聲回答，猛然向達也鞠躬。

達也與真由美見狀，內心同時冒出「啊啊，原來你是這種個性……」的感想。

◇　◇　◇

巴哈杜爾與巴赫曼被逐漸進逼的追蹤者氣息追趕，躲進外國人街。這裡至今也有西班牙裔的黑幫和這裡的地頭蛇互搶地盤，是首都圈首屈一指的法外地帶。即使就在東京旁邊，警察也視而不見。

不，或許是把棘手人物集中趕進這個區域扔著不管。如今這一帶號稱「進去容易出來難」。現在也從不遠處傳來槍聲。「這裡真的是日本嗎？」先入為主認定日本治安良好的巴赫曼甚至這麼輕聲質疑。

兩人找到空房間（不是空屋，其他房間也有同樣非法入侵的人或坐或臥）喘口氣之後，自然而然開始討論今後的計畫。

「……被包圍了。」

「我也這麼想。好像沒進入這個地區，但是不可能進不來。」

「嗯。單純只是不想惹麻煩吧。只要和黑幫談妥，他們隨時就會闖進來。」

「緩衝時間頂多到明天晚上嗎……」

「差不多吧。不過就算到處逃竄，只要還在日本國內遲早會被抓。」

「那麼……要下手嗎？」

巴哈杜爾說完，巴赫曼點了點頭。

「不過要鎖定哪裡？」

而且巴赫曼進而提出還沒解決的問題。

「我覺得果然還是ＦＬＴ的研究室。」

巴哈杜爾的回答很明確。

「說得也是……」

「巴赫曼，我們現在走投無路。在這個狀況，也只能硬著頭皮照計畫進行了。」

「知道了。那就在明天太陽下山的同時離開這裡。」

「就這麼辦吧。回國要搭的船由我來聯絡。」

「我去準備車子。」

「拜託了。」

「你也是。」

巴赫曼站了起來，巴哈杜爾開啟新偷來的情報終端裝置。

◇　◇　◇

「狀況怎麼樣？」

背後傳來的聲音引得文彌轉身。

「姊姊……來這種地方很危險吧？」

聽到弟弟的逆耳忠言，亞夜子輕輕聳肩。

「就算以這身打扮對我這麼說……你看起來也不安全喔。」

文彌已經不是扮裝為少女「闇」。身上穿的也是窄管褲加上薄款短大衣。不過因為下體以護具保護要害，所以窄管褲看起來莫名貼身。此外他基於扮裝的意義化了全妝。

現在的他乍看之下是二十歲出頭的女模特兒。即使和身穿優雅短上衣加長裙的亞夜子站在一起，看起來也不像男性。

「會誤解的傢伙就隨便他們吧。」

對於亞夜子的指摘，文彌以認命的聲音放話。

「狀況從天黑之後就沒變。只空出一條逃亡路線，徹底包圍絕對不會看漏。」

「這是達也先生的指示吧？達也先生想引誘歹徒進入ＦＬＴ嗎？」

「我覺得就是這樣。因為在巳燒島就算了，在首都附近可以恣意開打的場所很少。」

「確實。」

亞夜子以認同的表情點頭回應文彌的指摘。

「而且……」

「還有什麼事嗎？」

文彌欲言又止，亞夜子催促他說下去。

「達也先生或許是想測試遠上遼介吧。」

「測試可以信任他到何種程度嗎？」

「是測試他的能耐達到何種程度。」

文彌說完將視線移回外國人街的中心區域。「你的思考方式愈來愈像達也先生了……」亞夜子看著他的側臉心想。

[8] 了結

五月六日下午六點。
「晚安，打擾了。」
「晚安，七草小姐。」
真由美打開ＦＬＴ研究室的側門，遼介以這聲爽朗的問候迎接。
「遠上先生，你今天也好早來。」
真由美不是穿昨天之前的裙裝，是褲裝。屬於商務套裝又便於行動。腳上也穿著幾乎平底的綁帶皮鞋。是意識到會遭遇打鬥場面的服裝。
「而且……你看起來幹勁十足耶。」
遼介的服裝是以高領上衣保護頸部，加穿一件軍用背心。下半身是厚實的工作褲以及看起來很堅固的工作鞋。若說他會直接搭運輸機上戰場也不奇怪。
「是嗎？但我平常就穿這樣。」
「……你喜歡軍事風格的穿著？」

真由美略顯猶豫這麼問，遼介微微歪過腦袋。

「不，並不是這樣……應該是因為耐用吧。因為我從以前就經常害得衣服磨破或裂開。」

看來他是只從實用觀點選擇服裝的類型。

「這樣啊。」

真由美只能這麼回應。

◇　◇　◇

事態在晚上八點過後有所動靜。

至今每當沉默即將變成尷尬氣氛時都會提供各種話題的真由美，閒聊到一半忽然安靜下來。

「……怎麼了？」

「遠上先生，我會使用『多重觀測』。」

「那個遠距透視系知覺魔法嗎？」

遠距透視系知覺魔法「多重觀測」。並不是觀看非物質個體或情報體，而是從多重角度認知實體物質，類似視覺上的多元雷達。或者應該說雖然限定於視覺，卻是真正能以三次元的定義認知三次元空間的特異能力。

擁有多重觀測的人不是以雙眼視差或運動視差在腦中以立體形式重新建構平面影像，而是擁有直接將三次元立體當成立體來認知的思覺功能，不過現在重要的不是這種狹義的四次元認知能力，是不會被物體遮蔽的遠距透視。

「妳看見什麼？難道是入侵者？」

「是的。正面閘門被打開，男性雙人組入侵大樓了。」

遼介迅速轉身看向保全系統的控制台。不過感應到有人入侵時肯定會亮起的警示燈就這麼毫無動靜。本應映出入侵者的螢幕也不知為何沒切換到正面閘門後方的門廳。

「這應該是常務所說『一千零一夜』的效果吧。」

真由美與遼介答應在今晚出動之後，達也向兩人（遼介已經從蕾娜那裡聽到大致的情報，所以主要是向真由美）說明疑似本次犯案的歹徒「雅努斯」的特徵。

身高一七〇到一七五公分。

中東裔的外表，應該是波斯裔。

名為「一千零一夜」的特異魔法。

「當時說明『一千零一夜』可以干涉任何能套用『開』與『關』這兩個概念的廣泛現象。大概是先以『關』的魔法關閉保全系統的線路，再以『開』的魔法打開閘門吧。」

「既然泛用程度這麼高，有效時間肯定很短。」

「聽你這麼一說……確實沒錯。」

真由美佩服點頭，使得遼介感覺不太自在。

因為他剛才說的只是來自蕾娜的現學現賣。

「那麼雅努斯肯定也在趕時間。得在他們逃走之前抓住才行。」

不過被真由美這麼指摘之後，這種雜念飛到九霄雲外。

「說得也是。我們走吧！」

◇◇◇

另一方面，入侵研究室的雅努斯雙人組，被不祥的預感襲擊。

「……巴哈杜爾，這樣不奇怪嗎？」

聽到巴赫曼這麼問，巴哈杜爾一邊繼續入侵訪客用的終端裝置，一邊壓低聲音回應。

「我知道你想說什麼。一樓警衛室空無一人確實不自然。」

巴哈杜爾只在瞬間注意懷裡的麻痺槍如此回答。這把槍是在外國人街設法取得的。依照入侵前的預定計畫，應該是先以非致命性子彈癱瘓警衛室的職員再著手進行工作。

「不只是警衛室。現在才八點啊？可是也太冷清了。」

巴赫曼暗示這或許是陷阱。

在這麼早的時間入侵，是計算到這時間應該沒有職員加班，也沒有警衛巡邏。不是選擇無人住家，而是刻意選擇還有人在的建築物入侵行竊，這是他們雅努斯擅長的手法。兩人鮮少像是上次入侵恆星爐設施那樣鎖定深夜無人的時段犯案。

這也是多虧特異魔法「一千零一夜」才做得到這種事。這次直到入侵建築物，也都一如往常進行得很順利。

不過建築物內部幾乎沒有他人氣息就出乎意料了。他們沒有能夠察覺外人存在的知覺系魔法（或特異能力）。即使如此，身為職業罪犯的他們也自負擁有敏銳的知覺。這棟建築物裡不是空無一人，但他們可以抱持自信斷言不超過十人。

巴赫曼覺得這幾個人可能是警衛，或許正在埋伏等待他們。

「但我們不能空手回到總部。早就做好心理準備背負某種程度的風險。」

「說得也是……」

巴赫曼沒反駁巴哈杜爾這段話。

然而並非完全接受。

巴赫曼真心認為立刻逃走比較好。

巴哈杜爾不難察覺他的想法。

但是巴哈杜爾假裝沒察覺搭檔的危機意識，繼續以魔法入侵網路。

「找到了。應該是這個。」

然後他以細微卻明確的聲音說。

「真的嗎？」

巴赫曼忘記警戒周圍，跑到巴哈杜爾身旁。

「在二樓的這條生產線。完全和其他生產線獨立。」

巴哈杜爾「撬開」研究室內部網路的保全鎖，開啟各層樓的平面圖，指著圖向巴赫曼說明。

「沒時間了。立刻過去吧。」

巴赫曼催促巴哈杜爾。他知道自己所使用「關閉」保全系統的魔法已經撐不久了。

「收到。」

巴哈杜爾先站起來往前跑，巴赫曼隨後跟上。

◇ ◇ ◇

ＦＬＴ開發第三課研究室隔壁大樓。魔法人聯社的總部辦公室。

（差不多可以了吧。）

達也在內心低語，按下按鍵傳送寫好的訊息。然後從不太匹配常務理事這個頭銜的實用辦公椅起身，移動到窗邊。

「來了嗎？」

達也俯視窗外，並且朝背後搭話。

傳來微微一顫的氣息。

「你說『來了嗎』是怎樣？明明早就察覺了。」

不過這股氣息被一個高傲的聲音蓋過。

「我說的不是這個意思……」

達也一邊以帶著嘆息的語氣回應一邊轉身。

他身後是一臉戰戰兢兢的深雪，以及露出反抗表情的莉娜。剛才的高傲聲音來自莉娜。

如莉娜所說，達也早就察覺兩人進房，而且以「我不贊成妳們在這種時間外出亂跑」的斥責意圖向她們說「來了嗎」。

「我知道你想說什麼，可是才八點多耶？我們又不是小孩子。」

「這件事之後再說吧。所以妳們過來是想幫我嗎？」

原本看著下方的深雪，和達也視線相對。

「請問……可以幫您嗎？」

「老實說，我覺得深雪會做得比我好。」

「務必交給我！我會盡力去做！」

「嗯，拜託了。」

「好的！」

深雪十指相交，以水汪汪的雙眼仰望達也。

「欸……這齣還要演多久？」

莉娜以掃興的聲音插嘴。

「妳在說什麼事呢？」

轉過身來的深雪露出沒有情感的笑容。聲音毫無撒嬌的成分。

「——不，沒事。」

莉娜尷尬移開目光。

◇◇◇

文彌在川崎港外海的船上看著情報終端裝置的畫面點頭。

「達也先生傳來的？」

打扮得像是豪華客船乘客的亞夜子，靠到文彌身邊要看他的終端裝置。兩人搭乘的船表面上是平凡的水上巴士。亞夜子的穿著不算是適用於這個場面。

「訊息說可以行動了。」

文彌點頭回應。今天的他身穿深色系的連身工作服，頭戴海軍帽，戴著防止物體濺到眼睛的護目眼鏡。毫無男扮女裝的要素，今晚看起來終究不像女性。

他看向停泊在不遠處的小型貨船。碼頭是空的，卻沒有要靠岸的行動。不過即使在這個時間靠岸，為了防止偷渡，也只有國內航線的船員可以登陸。

「姊姊，拜託了。」

「雖然應該不會有什麼萬一，不過小心喔。」

「結束之後會聯絡。」

文彌將無線電固定在單邊耳朵，右手緊握拳套造型的專用ＣＡＤ保持隨時能使用的狀態，稍微放低重心。

亞夜子的手碰觸文彌的背部。

下一瞬間，文彌的身影從甲板消失。

◇◇◇

真由美與遼介從二樓的保全系統管制室前往一樓正面門廳。為了避免發出腳步聲，所以不是用跑的而是快走。

他們沒有從一開始就待在一樓的警衛室，這是達也的指示。當時的理由是人造聖遺物的生產線在二樓，不過老實說，真由美與遼介都對這個指示感到納悶。

趕路到一半，即將來到通往一樓的安全梯時……

「遠上先生，停下來。」

真由美叫住遼介。

「不是這裡。歹徒搭電梯上樓！」

「電梯？」

遼介覺得很荒唐。只是從一樓上到二樓，小偷居然故意選擇電梯這個無處可逃的密室，這違反他的常識。

但他沒有浪費更多時間就直接掉頭。電梯廳距離逃生梯有一小段距離，慢吞吞的話恐怕會容許對方入侵人造聖遺物的生產線。

載著雅努斯雙人組的電梯開始上昇。只有一層樓，很快就會抵達。

巴哈杜爾與巴赫曼都沒懷疑警衛已經在電梯廳守株待兔。他們知道建築物內部並非無人，也確信人數極少。之所以故意明顯搭電梯，是為了吸引警衛前來埋伏。兩人認為既然警衛人數少，與其處於不知何時會遭遇的狀況不如先全部收拾。

數位面板顯示的樓層變成「２」。

巴赫曼準備發動魔法。

遼介來到電梯廳的同時，顯示電梯抵達的燈號亮了。

真由美追上遼介，在他背後停下腳步。

不鏽鋼板的門緩緩開啟。不，或許是在遼介的心理狀態看來緩緩開啟。

門大概打開到一半，看得見電梯廂內部人影的瞬間。

（「芝麻(Akhrus ya Samsam)關門。」）

聽過卻陌生的語言與知名的咒語在腦中重疊響起的同時，眼前變得一片漆黑。

並不是眼睛看不見。

包括緊急照明燈在內，整層樓的照明同時熄滅。

出乎意料的事態使得遼介與真由美愣在原地。下一瞬間，耀眼的光打在兩人眼睛。

光線是從電梯裡延伸出來的。

高亮度手電筒。從二十世紀就廣為大眾使用，美國廠商最暢銷的產品「Mag-Lite」。

被完全的黑暗覆蓋之後立刻被強光照射，遼介他們眼花了。

遼介在這個狀態突然撲向真由美，將她撲倒在地。

真由美發出哀號。

電梯的正對面，遼介他們背後的人造大理石牆壁迸出火花。

照明再度點亮，遼介與真由美的視野也朦朧回復。

在遼介身體下方，真由美從慌亂之中重新振作。

牆壁傳來的中彈聲命令她冷靜。

真由美不是以回復得不夠清晰的肉眼，而是以「多重觀測」確認狀況。

中東裔臉孔的兩人單手拿著手電筒，另一隻手拿著像是手槍的物體。

真由美察覺遼介推倒她是為了保護她不被手槍（像是手槍的物體）攻擊。

真由美在遼介下方扭動。

遼介連忙撐起身體。

真由美以重獲自由的雙手操作ＣＡＤ。

發動的是聚合系魔法。

壓縮兩名歹徒腳尖的空氣。

斷熱壓縮造成溫度急遽上升，被火災感應器偵測。

電梯上鎖，電梯廳的灑水裝置啟動。

大量的水從上方灑落。

真由美使用這些水滴製作冰之子彈。

以手電筒照射在電梯廳伺機攻擊的男女雙人組剝奪視力之後，巴哈杜爾與巴赫曼分別舉起手槍瞄準男性與女性。

造成電擊休克的非致命性子彈。不是電擊槍那樣以電線供電，是本身具備放電功能的子彈。彈速較慢卻因為子彈夠重，所以中彈的話會產生相當大的衝擊，還附加高壓電擊。只要命中對手幾乎可以確定剝奪其行動能力。

然而即使距離很近，麻痺彈還是落空了。

男方推倒女方保護她。

巴赫曼用來關閉電力供給路徑的魔法效力用盡，照明回復。

突然間，巴哈杜爾與巴赫曼的背脊竄過一股惡寒。

他們像是預先說好般，將踏出電梯的腳收回去，連忙躲進門後暗處。

灑水裝置忽然啟動。

而且冰之子彈從灑落的水花射出來，貫穿他們剛才所站的空間。

巴赫曼猛按控制板的關門鍵。

然而電梯被鎖定停止運作，門沒反應。

從較深角度射進來的冰彈，擦過緊貼牆壁的巴赫曼身體。

（「芝麻開門。」）（芝麻：Aftah ya Samsam）

巴哈杜爾從另一側發動魔法。

系統解除鎖定，門逐漸關閉。

巴赫曼按下一樓按鍵。

緊接著，敵方男性從逐漸關閉的門縫竄進來。

真由美發射的子彈是以灑水裝置的水滴為材料。

灑水場所僅限於電梯廳。水滴沒噴進電梯廂。

她在開著的電梯門外將冰塊彈幕射進電梯廂，卻沒能對躲在死角的兩人造成有效打擊。

（那就從裡面拖出來！）

眼睛受創至今終於完全回復的遼介，發動自己的魔法準備衝進電梯廂。

前第十研所賦予，也是被逐出前第十研主要原因的「十神」魔法。

個體裝甲魔法「反應護甲」。

沿著遼介的身體形成一層平凡的反物資魔法護壁。

運作系統明明被上鎖，電梯門卻不知為何開始關閉。

遼介從半閉的門縫衝進電梯廂。

巴哈杜爾朝著衝進來的青年發射麻痺彈。

內藏放電機關的子彈，被青年身上的護壁擋住。

「魔法護壁？」

巴哈杜爾發出驚愕的聲音。

青年抓住巴哈杜爾手上的槍，輕輕一扭。

光是這樣就將巴哈杜爾的身體摔向電梯內壁。

青年身高約一八〇公分。巴哈杜爾不到一七五公分。

雖說體格有差距，但是俐落到像是變魔術的這一摔，無法只以體格的原因說明。

在被摔出去的衝擊之中，巴哈杜爾使盡渾身解數發動魔法。

（「芝麻開門（Aftah ya Samsam）。」）

包覆青年身體的護壁在瞬間「開啟」。

巴赫曼試著瞄準青年失去防護的背部發射麻痺彈。

但他還沒扣下扳機，青年的護壁就已經回復。

（「芝麻開門（Aftah ya Samsam）！」）

巴哈杜爾再度發動魔法要讓護壁失效。

然而「一千零一夜」的「Ｏｐｅｎ」在這次不管用。

護壁的魔法抵抗力大幅增強。

強到「一千零一夜」再也無法進犯的程度！

巴赫曼發射的子彈被青年的護壁擋下。

青年迅速轉身。

電梯廂到達一樓，電梯門開啟。

青年伸手要抓巴赫曼。

巴哈杜爾想要爬出電梯逃離，青年卻看都不看，大概是有著隨時都能收拾的自信吧。

青年的手伸向巴赫曼的手槍。

明明速度看起來不是很快，巴赫曼卻無法躲開他的手。

青年不是抓住手槍，而是巴赫曼的手腕。

劇痛從被抓的部位傳遍巴赫曼全身。

手槍從巴赫曼的手中落下。

巴赫曼在劇痛之中感覺像是在漂浮。

手槍與巴赫曼的身體同時摔在電梯地面。

沒能做出防護動作。

青年不讓他做出防護動作。

在巴赫曼仰望的視野中，青年將手高舉。

這個架式不是揮拳，是掌打，不過造成的傷害肯定相同。

這種事輕易就能想像。

自己已經逃不掉了。

巴赫曼明白自己的命運走到盡頭。

他親眼看著青年的掌打進逼而來，擠出最後的力氣。

（「芝麻關門（Akhrus ya Samsam）」。）

電梯門靜靜關閉。

青年的掌打命中巴赫曼胸口。

巴赫曼的意識被吸入黑暗。

遼介以合氣招式將巴赫曼摔倒在地，一掌打向他的胸口剝奪意識。合氣術（和合氣道不太一樣）是遼介最拿手的武術。

要是攻擊頭部太用力造成昏迷，腦部功能恐怕會留下障礙。遼介攻擊巴赫曼胸口的掌打，是他在高中時代由不同於合氣術的另一位師父所傳授「安全打昏對方的招式」。

總之先解決一人。遼介鬆了口氣。

遼介沒料到雅努斯的魔法足以干涉他的護壁魔法。護壁失去效用的瞬間，老實說他過於感到意外而慌了一下。

不過他的個體裝甲魔法，會在被破解的同時獲得「和受損原因相同種類的攻擊」的抵抗力並且重新建構。所以叫做「反應護甲」。會對攻擊起反應的護甲。

只要不是被對方一招剝奪戰鬥能力，他可以反覆站起來無數次，繼續戰鬥。

這就是被前第十研驅逐成為失數家系的「十神」魔法。

實際上，護壁重新建構的次數有限，但在達到極限之前打倒敵人就好。這就是「十神」以及遠上遼介的戰法。

遼介按下開門鍵要去追剩下的另一人。

然而電梯門沒對遼介的操作起反應。

遼介連按面板的按鍵。

門就這麼保持沉默。

（魔法的效果還在……？魔法師明明已經昏迷啊？）

遼介混亂了。因此他沒察覺。

沒能得出真相。

門確實是以巴赫曼的魔法關上。但是開門鍵沒反應的原因在於系統被鎖定。電梯的運作系統，因為真由美讓大樓的防災系統誤認發生火災而被鎖定。這道鎖剛才是以巴哈杜爾的魔法強行解除。

巴哈杜爾的魔法失效之後，電梯系統再度被鎖定。防災系統已經沒偵測到假火災，所以如果要讓電梯重新運作，只要以緊急通話鍵聯絡系統管理ＡＩ申請重新開啟就好。

遼介也知道這套程序。如果他內心冷靜，肯定很快就會發現正確解答。

但是遼介認定是「一千零一夜」的「Ｓｈｕｔ」魔法害他被關在電梯裡，不顧一切持續狂按面板按鍵。

◇　◇　◇

東京灣海上，川崎港外海。

這裡也迎來某個了結。

『姊姊，聽得到嗎？』

文彌的聲音以無線通訊傳入亞夜子耳中。

「聽得到。所以呢？」

『結束了。』

來自文彌的通訊內容，是鎮壓完畢的消息。

「意外花了不少時間耶。不好對付嗎？」

『人數很多。』

「原來敵人那麼多？」

『不，因為我無法分辨誰是敵人，所以總之把所有人打昏了。』

文彌說到這裡停頓片刻。

『——大概一百人出頭吧。總之沒人死掉，所以應該沒問題。』

後續說出的這段話，引得亞夜子不禁乾笑。最近她在意一件事，總覺得弟弟將「具備良知的人性」遺留在畢業的第四高中了。

改天要不要訪問母校，把文彌遺失的「人性」找回來呢……亞夜子思考這種無益的事。

『姊姊？』

「啊啊，對不起。我去接你吧？」

亞夜子提議由她使用疑似瞬間移動飛過去，帶文彌回到這艘船。

『不，請命令那艘船過來這艘船旁邊。』

「要把整艘船帶走？」

看來不只是歹徒的同夥，文彌想將整艘船連同船員帶走。

『雖然沒有根據，但我覺得這艘船本身並非和事件無關。』

「也對……」

亞夜子在回應的這段時間整理想法。

雖然文彌說「沒有根據」，不過那艘貨船連同所有船員被犯罪組織僱用的可能性絕對不低。甚至可能所有人都是犯罪組織的成員。

幸好四葉家現在有巳燒島這個堪稱治外法權的據點。要俘虜整艘船也不算是胡來之舉。在這種狀況，這反而是最確實的解決方案——

「我知道了。那就劫走那艘貨船吧。」

『居然說劫船……不過或許是吧。』

文彌以傻眼聲音回應。看來開這個玩笑奏效了。聽到弟弟的「正常」反應，亞夜子放心地輕聲一笑。

◇　◇　◇

巴哈杜爾被遼介摔飛的衝擊還在。他踩著蹣跚的腳步抵達停車場。兩人來到這裡所開的自動車停在這裡。

他對於自己單獨逃走沒有罪惡感。巴赫曼雖然是長年的搭檔，但終究和自己毫無關係。

或許會因為任務失敗而再也無法回到組織，不過無須重新思考也知道，必須以自己的安全為第一優先。

為了避免招惹無謂的麻煩，巴哈杜爾刻意使用收費停車場。關於費用的支付，他選擇的停車場能以無須生體認證的預付式電子錢包繳費。這麼一來肯定不會因為停車而發生問題。

不過，停車場沒有巴哈杜爾停的那輛車。

該處停著另一輛廂型車，年輕的金髮美女倚靠在車頭看著終端裝置。

「……不好意思，請問妳知道原本停在這裡的車嗎？」

巴哈杜爾以生硬的日語詢問金髮美女。

「天曉得？」

這名女性誇張朝巴哈杜爾聳肩。動作很像樣，沒有不自然的印象。

金髮美女似乎不想繼續對話，眼神再度落在情報終端裝置。

巴哈杜爾的心境很快就從困惑轉為看開。

車子已經不見，現在想東想西也沒意義。

也沒有這種時間。

幸好這裡只有一名纖瘦的年輕女性。搶走這輛廂型車離開這裡吧——

可惜巴哈杜爾的魔法無法和巴赫曼一樣剝奪對方的意識或視野。

不過對方是看起來柔弱的年輕女性。即使麻痺彈的手槍掉在電梯裡沒回收，巴哈杜爾也判斷空手就足以對付。

巴哈杜爾是罪犯。雖然會避免下殺手，對女性動粗時卻毫不猶豫。

他反握手電筒，悄悄以握柄打向金髮美女。

然而……

巴哈杜爾揮下的手電筒穿過她的身體，打在廂型車的擋風玻璃。

莉娜幻影背後的廂型車擋風玻璃發出沉重的聲音。

「什麼？」

巴哈杜爾發出驚愕的聲音。

並不是因為沒打破擋風玻璃而嚇一跳。

看見硬鋁製的手電筒被擋風玻璃反彈，也只會推測玻璃是防彈規格。即使反射性地吃驚也會立刻轉變為理解。

他的驚愕在於手電筒穿透莉娜的身體。

莉娜的情報體偽裝魔法「扮裝行列」。原本是十師族九島家祕術的這個魔法，最初的用途是妨礙敵人的魔法瞄準。「扮裝行列」不是幻影魔法，是對抗魔法。

不過以副作用形式產生的幻影，精細度和一般的幻影魔法截然不同。巴哈杜爾或許不是第一次和幻影對峙，不過伴隨著氣息與存在感，完全無法和實體區分的這種幻影，肯定是他未曾有過的體驗。

「你突然做什麼啊！」

莉娜的幻影維持著被手電筒貫穿的狀態，像是要以手掌推開般頂向巴哈杜爾的胸口。

包含攝氏三十六．五度溫度的壓力施加在胸口，巴哈杜爾踉蹌後退。他的臉上失去血色。

構成人類觸覺的要素是溫度、振動、壓力。換句話說，要是和虛像接觸的部位產生這三種要素，人類就會將虛像誤認為實體。

幽靈沒有實體。巴哈杜爾長大的生活圈也是這麼認為。只要有肉體就不是幽靈，是另一種怪物。他認定自己現在面對的是身體被挖被砍也會立刻再生的不死怪物，被這個主觀意識囚禁。

「欸，我在問你剛才想做什麼。」

莉娜的幻影脫離手電筒，朝巴哈杜爾踏出一步。

巴哈杜爾發出「咿！」的輕聲哀號，背對莉娜的虛像逃走。

拔腿想要逃走。

可是……

巴哈杜爾不得不在踏出第一步的時候就停下腳步。

達也以及緊緊依偎在達也身邊的深雪擋住他的去路。

「司波達也……」

「喔，你知道我是誰啊。」

達也的回應沒傳入巴哈杜爾的意識。

巴哈杜爾的視線朝向達也身邊的深雪。

「以及司波深雪……？」

「哎呀，你也認識我啊。」

深雪嫣然一笑。

這張笑容華麗得無從挑剔，妖豔得不像是世間所有。

巴哈杜爾的雙眼染上恐懼的神色。

他的意識被恐慌吞噬。

「Aftah ya Samsam！」

巴哈杜爾突然放聲大喊。

以阿拉伯語喊出「芝麻開門！」。

這句話本身沒有任何意義。

在深植於許多人意識內部的觀念中，這單純是存在於童話世界的咒語，是只有「開啟藏寶洞窟的石門」這個特定效果的關鍵句。沒有象徵性的意思，也沒有影響這個世界的咒術效果。

只不過，ＢＳ魔法師巴哈杜爾發動天生的特異魔法時，這句話在他內心形成一種聲像。簡單來說，是否說出這句話都和他的魔法無關，即使聽到這句話也不會因而容易受到魔法的影響。

即使如此，巴哈杜爾的魔法「一千零一夜」的「Ｏｐｅｎ」依然確實發動了。比起巴赫曼的「Ｓｈｕｔ」，「Ｏｐｅｎ」能在戰鬥應用的幅度較窄，卻不是完全派不上用場。可以用來將封鎖敵愾或恐懼的自制心之門開啟，剝奪敵人的冷靜判斷力，逼得對方踏上自我毀滅之路。

然而……

巴哈杜爾的魔法，對達也與深雪都沒有發揮任何效果。

幾乎在巴哈杜爾大喊的同時，達也輕輕將戴著銀色簡樸手鐲的右手伸向前。

這個手鐲是「銀鐲」。對應完全思考操作型ＣＡＤ的圓環形狀特化型ＣＡＤ。

啟動式在瞬間輸出，魔法式在瞬間完成。

發動的魔法是「術式解散」。

分解魔法式，讓魔法失效的魔法。

不是妨礙魔法的效果，是破壞魔法本身的魔法。

巴哈杜爾的「一千零一夜」還沒發揮效力，就被達也的「術式解散」破壞。

「請安分一點喔。」

深雪溫柔朝著錯愕的巴哈杜爾低語，和達也一樣伸出右手。

戴在她手腕上的手鐲，藉由表面加工讓光線規律散射，看起來燦爛耀眼。

這也是對應完全思考操作型ＣＡＤ的圓環形狀ＣＡＤ。但這不是特化型，是泛用型。對應完全思考操作型的ＣＡＤ不需要按鍵，所以能自由提高裝飾度，再怎麼裝飾也不會導致功能受損。

深雪的魔法襲擊巴哈杜爾。

表面上沒有太大的變化。

就只是巴哈杜爾臉上的表情脫落了。

巴哈杜爾掛著失魂落魄般的茫然表情愣在原地。

一秒後，他像是全身的力氣被抽光，無力倒臥在路面。

達也與莉娜同時走向倒地的巴哈杜爾。

先抵達的達也蹲在巴哈杜爾身旁，確認他的脈搏、呼吸與體溫。

「沒問題，只是睡著了。」

聽到達也這句話，深雪輕輕吐出一口氣。

這是參考光宣讓自己入睡的冬眠魔法，深雪與達也合力開發，精神干涉系魔法「悲嘆冥河」的威力限制版魔法「冰眠荊鎖」。

「悲嘆冥河」是讓精神進入不會復活的永恆靜止，實際上是致人於死。

相對的，「冰眠荊鎖」是強制讓對方入睡的魔法。雖然無法自己醒來，不過從外部使用專用的無系統魔法就可以叫醒。

「悲嘆冥河」基於性質完全無法手下留情，是過於強力的魔法。深雪天生擁有寶貴的精神干涉系魔法才能，為了將這份才能活用在更廣泛的機會而發明的這個魔法「冰眠荊鎖」，成為最有效拘束敵人的魔法。

理論上已經完成，不過精神干涉系魔法基於性質，必須用在人類身上才能確認效果。深雪內心對於人體實驗有所抗拒，遲遲沒能測試「冰眠荊鎖」。

不過在今晚，以企圖行竊的犯罪魔法師當成實驗對象，終於可以確認新魔法「冰眠荊鎖」是否完成。

達也以手銬拘束巴哈杜爾，用繩子封住他的嘴，然後對深雪說「那就試著叫醒他吧」。

深雪發動用為清醒金鑰的無系統魔法，發射特定波形的想子波。這是無系統魔法，所以達也也能使用，不過這是第一次測試，所以他決定直到最後都由深雪確認。

效果立刻顯現。

巴哈杜爾發出低沉的呻吟蠕動。他張開眼睛起身，就這麼在被銬住的狀況企圖逃走，達也一拳打在他的心窩讓他就範。

然後達也以絲毫感受不到施暴餘韻的笑容看向深雪。

「恭喜妳，深雪。」

「深雪，恭喜妳。很厲害嘛。」

「謝謝您，達也大人。也謝謝莉娜。」

受到達也與莉娜的祝賀，深雪露出喜悅與安心的笑容。

[9] FEHR與FAIR

雖然最後以有點丟臉的結果收場，不過遼介也在自己的奮鬥之下洗刷嫌疑。隔天的七日，遼介順利得到達也的通知，正式被魔法人聯社錄用——遼介沒有試用期的概念，這一點敬請見諒。

他在七日與八日這兩天買齊生活必需品，八日搬進伊豆的員工宿舍。此外這兩天依照達也的判斷給予特休。真由美則是預定在隔天九日星期日入住。

先不提真由美的問題（真由美後來被遼介扔在研究室二樓，所以徹底對他鬧脾氣，遼介至今不知道該如何討她歡心），遼介終於覺得回國後的生活穩定下來了。

因為隔天是星期日所以晚睡的遼介像是回想起來般，在換日的一小時後，也就是九日的凌晨一點撥打衛星電話。

通話位置的當地時間是五月八日上午九點。對象是溫哥華FEHR總部的蕾娜・費爾。

「Hello，Milady。我是遼介。早安。」

『Hello，遼介。你的聲音聽起來比上次開朗。那件事順利成功了嗎？』

「謝謝！多虧您的協助，我洗刷冤屈了。」

遼介以開朗，應該說亢奮的聲音回答蕾娜的問題。

『我什麼都沒做喔。』

「不，您的指點幫了我很多。竊賊如您所說是『雅努斯』，您也說中『一千零一夜』的缺點在於持續時間很短。我多虧有您才能勝利。」

『以遼介的本事，沒有我的指點也會贏喔。不過如果有幫上你，我會很高興。』

「當然有！我這次的勝利都是託您的福。」

遼介抵在耳際的衛星電話揚聲孔，傳來蕾娜的咳嗽聲。

「Milady，您是不是感冒了？」

遼介以顯露擔心的聲音問。

其實只是清個喉嚨，不過聽在遼介耳中似乎是感冒的徵兆。

『不，我沒事。只是咳了幾聲。』

蕾娜果然冷淡否定。

不過如果這樣就能讓遼介接受，他一開始就會察覺這不是感冒的咳嗽吧。

「可是……」

『我，沒，事。』

「這樣啊……」

莫名加重力道的聲音，使得遼介不敢繼續說出內心的不安。

『遼介。魔法人聯社那邊怎麼樣了？』

「啊，是。」

蕾娜換了語氣，遼介也切換意識。

「我順利獲得他們繼續僱用了。」

『恭喜你。』

蕾娜不是為了任務，是單純祝賀遼介獲得這份不是約聘的正職工作。

「謝謝。我會繼續調查司波達也的真意。」

不過遼介滿腦子只有蕾娜賦予的使命。

「唉……」

蕾娜不禁嘆息。

緊接著，她心想「不妙」。

「Milady？請問您怎……」

『我身體沒異常也不累，完全沒事。』

蕾娜沒讓遼介說完。

既然蕾娜親口說自己身體沒異常，遼介就不敢繼續說健康相關的話題。不只遼介，FEHR

所有成員應該都是這樣吧。

因為蕾娜的身體明顯是「異常」。

「我一查到新的事實就會向您報告。」

純語音通話看不見彼此的身影，不過遼介端正姿勢這麼說。

『請不要勉強自己喔。』

「我知道。那麼，Milady，祝您有美好的一天。」

『晚安，遼介。』

蕾娜知道日本現在是深夜。

在就寢之前得到「Milady」的問候何其榮幸。

遼介決定立刻上床睡覺。

◇◇◇

五月九日星期日。上午八點多。

達也和深雪、莉娜一起吃著比平常晚一點的早餐。

「達也，我想問一個問題。」

莉娜以不適合在早餐桌上用的不悅口吻詢問達也。

深雪稍微板起臉，但達也以不太在意的語氣反問「什麼事？」。

「為什麼要把遠上留在聯社？」

莉娜問的是為什麼要錄用遼介成為正職社員。此外她似乎不是以「遼介」而是以「遠上」稱呼。大概因為遼介是潛在恐攻組織的成員，所以不想以名字稱呼吧。

「因為他按照承諾親手抓到真正的犯人。不過只有雙人組其中一人就是了。」

「所以我們也要遵守承諾？沒這種道義吧？」

「莉娜，妳是不是誤會了？我沒向遠上承諾『抓到真正的犯人就不開除』啊？」

「既然這樣的話是為什麼？」

莉娜像是隨時都會不滿鼓起臉頰。

達也並不是不想看她做出這種幼稚反應，但還是自重沒做出刻意吊胃口的惡劣舉動。

「因為他看起來是可用的人材。」

「……當成士兵應該很好用吧，但我不認為他的實力足以抵消引狼入室的風險。」

莉娜認同遼介的實力，卻表態不接受達也的回答。

「我不是期待他的戰鬥能力。」

不過達也的想法和莉娜理解的不一樣。

「不然是怎樣？」

「因為他和FEHR有關聯。」

「……什麼意思？」

「達也大人。難道說，您想和FEHR建立合作關係嗎……？」

因為莉娜逼問達也而板起臉的深雪，將不悅心情放在一旁詢問達也。

「排除這個可能性的話很可惜。我們原本就是人類社會的少數派。只要他們不是明確的犯罪組織，能夠合作的話是最好的。」

「……說得也是。」

「…………」

對於達也的說法，深雪點頭回應。莉娜在「這時候」也沒提出異議。

◇ ◇ ◇

下午一點。

達也獨自來到四葉本家。

目的當然是面會真夜。他前來報告恆星爐設施與FLT遭到入侵竊盜未遂的事件。

「……入侵的歹徒是巴哈杜爾·墨菲德、巴赫曼·墨菲德，代號『雅努斯』，兩人所屬的組織是ＦＡＩＲ。」

完成整套制式問候之後，達也說出巴哈杜爾與巴赫曼的名字，以及詢問逃走用貨船的船員之後得知的組織名稱。

「ＦＡＩＲ……記得是根據地設置在舊金山的激進派吧？」

ＦＡＩＲ。「Fighters Against Inferior Race」——對抗劣等種（之迫害）的戰士。總部在舊金山。ＦＥＨＲ始終是訴求保護魔法師人權的組織，相對的，ＦＡＩＲ積極和反魔法主義者發動鬥爭。

目前沒有ＦＡＩＲ涉嫌組織犯罪的證據，但治安當局認為只是時間問題——不過這是在日本可以取得的情報。

聽說在加利福尼亞州，ＦＡＩＲ的所作所為使得魔法師愈來愈被視為危險分子。

「是的。而且下令竊取人造聖遺物製作方法的人，是ＦＡＩＲ的領袖洛基·狄恩。」

「領袖自己下令行竊？與其說是激進派更像是犯罪組織。」

真夜以打趣的表情（不過雙眼隱含冰冷掃興的目光）揶揄ＦＡＩＲ。

「屬下認為ＦＡＩＲ的真實身分是犯罪結社。」

達也不是附和真夜，而是一臉嚴肅說出更進一步的推測。

「此外，FAIR旗下似乎有許多類似雅努斯的BS魔法師。」

「BS魔法師？」

真夜至今幾乎都是「聽聽就好」的感覺，現在卻突然表現強烈的好奇心。

「這次抓到的犯人在偵訊時只說是BS魔法師，不過對方手邊或許擁有更為特殊，例如妖術師那樣的人材。實際上這次俘虜的巴哈杜爾・墨菲德與巴赫曼・墨菲德，兩人的特異能力和我們的魔法性質人不相同。雅努斯與其說是BS魔法師，或許應該是稱為妖術師的特異能力者。」

妖術師是在「改變事象」這個意義上和魔法師相同，其能力系統卻無法以合理方式說明的特異能力者。無法說明他們的特異能力，是現代魔法學的重大缺點。

「據說BS魔法師或妖術師的能力，在正面交戰的場合不如魔法師。以一般的傾向來說，我也認為這是對的，不過無法否定或許有人擁有超乎我們想像的能力。」

「……也對。」

「姨母大人。屬下認為必須詳細調查FAIR。」

「——我知道了。既然你這麼提防，那就一定得調查吧。達也，請擬定具體的調查方法，到時我們再重新檢討吧。」

「遵命。」

其實達也在這個階段已經有腹案。

不過達也沒在這個場合公開，今天只從真夜面前乖乖退下。

◇　◇　◇

離開四葉本家的達也暫時返回調布自家之後，即使今天是週日依然飛往巳燒島。目的地不是東北地區的恆星爐設施，是西北地區的自用研究室。

然而目的不是要做他最近重點進行的人造聖遺物「儲魔具」改良研究。

晚間七點五十分。光宣與水波生活的居住用太空站——衛星軌道居住設施「高千穗」最接近巳燒島上空的時間即將到來。他以研究室螢幕確認高千穗的現在位置，將紅外線雷射通訊用的天線朝向該處。使用紅外線雷射的通訊具備優秀的指向性，被竊聽的風險低，能夠傳送的資料量也很多，可以使用複雜的編碼。

『達也大人，請問有何吩咐？』

接聽的是水波。等待畫面上恭敬鞠躬的水波抬頭之後，達也告知「有事想拜託光宣」。

『請稍待片刻。』

如水波所說，達也不需要等太久。

『達也，久等了。』

光宣立刻出現在畫面上。

『聽說你有事情想拜託我，請儘管說吧。』

「你願意這麼說就幫了大忙。其實我想請你在美國調查一件事。」

『在美國？嗯，可以喔。以現在的軌道就可以潛入。』

「不，沒這麼急。等到高千穗的移動用啟動式完成再說。」

感覺光宣一抵達美利堅大陸上空就會立刻下去，達也立刻阻止他。

『所以不是急事啊。既然這樣為什麼找我？』

「對方好像有點棘手。必須有你這種程度的實力，否則我無法放心拜託。」

『你說得讓我好開心耶。』

達也說的不是客套話，是真心話。

因為知道這一點，所以光宣看起來格外開心。

『你說的棘手對手是誰？』

「你知道『ＦＡＩＲ』這個魔法至上主義團體嗎？」

原本笑咪咪的光宣表情突然僵住。

『……知道。和你進行最後決戰之前，我們就是由ＦＡＩＲ藏匿的。』

聽到這段告白，即使是達也也難掩驚訝。

「FAIR是和顧傑有關的團體？」

利用如今被光宣吸收的亡靈周公瑾，向日本──日本魔法師進行各種破壞行動的無國籍華僑怪異老翁顧傑，原本是和大亞聯盟爭奪東亞大陸統治權卻落敗毀滅的「大漢」所屬魔法師。

大漢的滅亡和四葉家有著密切關係。大概是因為這樣，所以顧傑也曾經以四葉家為目標，不過最後是被達也、一条將輝與十文字克人聯手逼入絕境而葬身海底──不過當時直接埋葬顧傑的人，是昔日利用顧傑的USNA為了湮滅證據而派來的STARS副隊長卡諾普斯。

達也從光宣的告白聯想到顧傑，是因為光宣繼承了周公瑾的知識。以往不曾離開日本的光宣若要找地方藏身，投靠的應該是和周公瑾有關，也就是和顧傑掛鉤的組織。當時的達也是這麼猜測的。

『FAIR原本是顧傑組織的團體。但顧傑好像無法完全控制FAIR，沒多久就放手。』

「我不知道這段原委。既然這樣，那我找別人吧？」

既然一度協助藏匿，應該對光宣有恩吧。如此心想的達也提議取消委託。

『不，請讓我來。』

不過光宣斷然搖頭，拒絕達也取消委託。

『雖然只是暫時，不過我曾經找激進派協助，這是我必須清算的往事之一。』

光宣的聲音蘊含堅定的決心。

那麼達也就沒有顧慮的理由。
「知道了。ＦＡＩＲ的根據地在舊金山。」
『要從洛杉磯過去是吧。我知道了，請交給我吧。』
達也與光宣相互點頭，結束通訊。
達也立刻繼續著手製作高千穗的衛星軌道移動用啟動式。

◇ ◇ ◇

五月中旬某日的舊金山ＦＡＩＲ總部，一對高個子男女面向彼此。
男方是一九〇公分的義大利裔高瘦型男。女方身高也有一七五公分，是北非裔的肉感美女。
兩人年齡都是三十歲左右。
女性以復古方式深深行禮致意，男性以大方語氣指示她抬起頭。
「那麼，告訴我吧。雅努斯失敗了嗎？」
「是的，閣下。雅努斯的兩人好像在日本被逮了。」
被稱為閣下的是ＦＡＩＲ的首領——洛基・狄恩。
看著下方回答狄恩問題的女性是他的左右手——蘿拉・西蒙。

這間陰暗的房間裡只有狄恩與蘿拉兩人。FAIR的活動幾乎只由這兩人決定。

「他們兩人不會這麼輕易被逮才對……知道是被誰逮捕的嗎？」

「只是推測可以嗎？」

「當然，說出妳的推測沒關係。」

蘿拉看著下方的視線上移，和狄恩四目相對。

「可能是落入四葉家的手中。」

蘿拉嘴裡說「可能」，語氣卻充滿確信。

「……不可侵犯之禁忌嗎？那就沒辦法了。」

「閣下。」

「什麼事？」

蘿拉明顯只把話說一半，狄恩催促她說下去。

「恆星爐設施明顯在四葉的掌控之下。要是對那裡出手，四葉就會介入。這是輕易就能預測的結果。」

「所以呢？」

「閣下是把雅努斯當成棄子使用嗎？」

「這妳就誤會了。」

狄恩將手舉到眼前誇張搖了搖。

「我承認自己太高估雅努斯那兩人，相對也太低估四葉家。但我不會對同伴見死不救。」

「──恕我失禮了。」

蘿拉沒點明狄恩是睜眼說瞎話。雖然只有他們兩人，不對，因為只有他們兩人，所以必須更謹慎辨別哪些話是否該說出口。

她的首領絕對不是慈悲為懷的領袖。

「不過，說得也是。別再繼續朝恆星爐下手吧。畢竟也不能眼睜睜看著犧牲者增加。」

狄恩說完將蘿拉摟過來。

「啊……」

狄恩的嘴唇輕觸蘿拉的耳朵，蘿拉發出嬌媚的聲音。

「而且沒有人造聖遺物也無妨，只要取得原版就好……」

狄恩的手在蘿拉身上遊走，注意力被奪走的蘿拉無法回應他的細語。

狄恩讓蘿拉發出淫亂的氣息，同時露出好戰的笑容。

（待續）

後記

重新自我介紹，我是佐島勤。

新系列《魔法人聯社》第一集，各位看得愉快嗎？

在九月宣稱「全系列完結」，卻在十月公布續篇的新系列，我自己也總是覺得怪怪的，不過如今像這樣榮幸出版了。

正如副書名《續・魔法科高中的劣等生》所示，本系列是《魔法科高中的劣等生》的續篇。當初的書名只有《魔法人聯社》，但是沒看過《魔法科高中的劣等生》就無法理解內容，所以決定加上副書名。

本作品的開幕時期是達也與深雪從第一高中畢業的兩年後，從《魔法科高中的劣等生》第三十二集結尾算起約一個月後。雖然和《魔法科》正傳隔了一段時間，不過真的可以說是接續在《魔法科》最後一集之後吧。

即使如此，本系列依然不是《魔法科高中的劣等生》。舞台不是魔法科高中，甚至不是魔法大學。雖然還是會描寫魔法大學的校園生活作為建構作品世界的要素之一，不過主要的舞台始終是魔法人聯社。

在《魔法科》第三十集的後記也提到，本系列的目的是深入《魔法科高中的劣等生》系列沒回收的要素。前一個系列始終是在「魔法科高中」，除了過去篇的第八集，我限制自己只能描寫達也與深雪就讀高中時的故事。比起尚未回收的要素，應該以「從魔法科高中入學到畢業」的劇情架構為優先。

不過本系列沒有時期上的限制。雖然還不知道本系列會繼續寫到什麼程度，不過劇中時間可能持續到達也與深雪大學畢業之後。現階段已經想好本系列在哪個段落結束，不過主題本身可以一直延續下去，真的是可以寫到達也與深雪後代的故事——目前沒這個計畫就是了。

反過來說就是缺乏青少年的戀愛要素。雖然有好幾名外表十八歲以下的角色登場，不過班底成員的實際年齡都是十九歲以上。青春要素請期待另一部新系列《天鵝座的少女們》（暫譯）。

就算這麼說，但本系列完全沒打算加入限制級的成人要素。老實說，期待這個作者走這個方向也只會令我頭痛，敬請見諒。

本系列和前一個系列相比，我覺得虛構科學的色彩變淺，超自然取向的色彩變得強烈。虛構科學在劇中明顯留下的痕跡，就是光宣與水波生活的衛星軌道居住設施「高千穗」。坦白說就是居住用的太空站。不過沒有太空船往來所以不算是「站」，因此我自創了「衛星軌道居住設施」這個名詞。

當初，我將高千穗想像成雷鳥五號與電視版《星艦迷航記》企業號的混合體。在這裡為不知道《星艦迷航記》的各位簡單說明一下，電視影集的企業號會以光波傳送系統將船員傳送到異文明行星——在大多數的場合，登陸成員居然（！）包含艦長——介入各種事件搞得天翻地覆，最後以一副「爛攤子請自己收拾」的態度離開那顆行星（這是偏見）。

這麼說來，不覺得原始的雷鳥五號和企業號的設計很像嗎？就是大大的圓盤接上細長元件的這個部分。或許是當時的美國對於圓盤形太空船有著某種情懷吧。

本系列的高千穗外觀不是圓盤＋棒狀構造。不過像是利用疑似瞬間移動的「虛擬衛星電梯」就是參考企業號的光波傳送系統。若問除此之外還有什麼明顯的共通點，我就不方便多說了，不過衛星軌道上的祕密基地應該不是《雷鳥神機隊》的專利吧。

題外話，我是故意不用「虛擬軌道電梯」而使用「虛擬衛星電梯」。因為高千穗的軌道不是靜止軌道，所以避免使用以靜止軌道衛星為原則的「虛擬軌道電梯」這個名稱。

說到自創詞，這部新系列的第一集也有各種自創詞登場。今後也會登場。其中的「Magian」

與「Magist」這兩個詞已經在《魔法科高中的劣等生》第三十集登場，不過從這一集開始正式使用，是成為本系列關鍵字的概念。

從這個詞成為書名就可以知道，今後本系列會以「魔法人」取代「魔法師」成為主要用詞。魔法人不等於魔法師，而是魔法資質擁有者的意思。前一部系列所指的「魔法師」，基本上會寫成「Magist」或是繼續使用「魔法師」這個詞。

新系列第一集引人注目的角色，不管怎麼說都是莉娜吧。她不只是贏得固定班底的寶座，在歸化日本時還成為那名幕後金主的養女。

反觀達也的同學們沒什麼出場機會。穗香與雫只有短暫登場。取而代之的是低年級組，尤其文彌與亞夜子的活躍相當搶眼。此外，從本書結尾感覺得到光宣今後將大顯身手。這個傾向應該還會持續一陣子吧。主要是因為我這樣比較好寫。

我要趁現在坦白說，達也與深雪是很難寫的角色。或許應該改口說他們是很難推動劇情的角色。不過這次加入莉娜之後，一下子變得很容易拿捏平衡。以易於推動劇情的意義來說，文彌也是方便的角色。他之所以陷入有點可憐的境遇並不是編劇上的必然性，完全是作者方便考量。他好可憐（置身事外）。

相對的，之所以預告光宣會成為固定班底，是基於編劇上的必然性。他在《魔法人聯社》預定會肩負起堪稱第三男主角的職責。水波的戲分也會跟著增加。

說到戲分增加，第一名或許是真由美。她在前一部系列的終盤沒什麼登場機會，不過在本系列應該會和《魔法科高中的劣等生》的「第一學年篇」一樣，甚至有更多活躍的場面吧。她的粉絲們或許可以期待。總是說「或許」有點對不起各位就是了。

剛才說光宣是「第三男主角」，至於「第二男主角」的候選人則是這次登場的新角色遠上遼介。比真由美他們大一屆的遼介，只要有心就可以就讀魔法科高中與魔法大學。不過失數家系的他心想「與其必須隱瞞自己的血統與能力活下去，那就算了」，決定踏上和魔法無關的路。不過遼介在留學地點認識了別名「聖女」的女魔法師蕾娜。

結果他大學中輟，沒有獲得有助於求職的資格或頭銜，也沒能取得魔法師執照，沉浸在原本以為遠離的魔法，暫時過著兼職的生活，最後在達也底下做牛做馬。這樣想就覺得蕾娜與其說是「聖女」更像「魔女」（笑）。

本書內容也提到，蕾娜的體質「慢老症」（老化遲緩症候群）是在麥特·海格的作品《時光邊緣的男人》出現的疾病，應該說體質。我想「慢老症」是麥特·海格的自創詞，不是這樣的話請告訴我。

話說，雖然除此之外還有新詞、新角色等各種要素，不過關於這部分就等下集之後說明吧。

接下來是公告事項。

本系列《魔法人聯社》也是由石田可奈老師負責繪製插圖。敬請期待變得成熟的舊角色以及不輸給她們的迷人新角色。

此外另一部新系列《天鵝座的少女們》（暫譯）也確定受到石田老師的照顧。這方面也敬請期待。

《天鵝座的少女們》（暫譯）的主視覺圖可以在官網搶先欣賞。

（https://tsutomusato.jp/news/）

那麼，由衷希望下一集也能見到各位。

（佐島 勤）

魔法科高中的劣等生

司波達也暗殺計畫 1~3 待續

Kadokawa Fantastic Novels

作者：佐島 勤　插畫：石田可奈

殺手榛有希的暗殺目標被神祕人物奪走性命！
甚至對擋住去路的有希等人伸出毒手!?

以殺手為業的榛有希收到了新委託，暗殺目標是國防陸軍的軍人們。有希好不容易潛入行事謹慎戒心重重的目標身旁，但是自稱「鐵系列」的神祕人物闖入，奪走目標的性命，甚至對擋住去路的有希等人伸出毒手！青年使用的魔法竟是「術式解體」！

各 **NT$220/HK$73**

國家圖書館出版品預行編目(CIP)資料

續.魔法科高中的劣等生 ：魔法人聯社/佐島勤作 ；
哈泥蛙譯. -- 初版. -- 臺北市：臺灣角川股份有限公
司, 2022.02-
　冊； 　公分. -- (Kadokawa fantastic novels)
譯自 ：続·魔法科高校の劣等生 ：メイジアン·カン
パニー
ISBN 978-626-321-222-0(第1冊：平裝)

861.59 110021406

Kadokawa
Fantastic
Novels

續・魔法科高中的劣等生 魔法人聯社 1

（原著名：続・魔法科高校の劣等生 メイジアン・カンパニー）

2022年2月21日 初版第1刷發行
2022年5月4日 初版第2刷發行

作　者：佐島 勤
插　畫：石田可奈
日版設計：BEE-PEE
譯　者：哈泥蛙
發行人：岩崎剛人
總編輯：蔡佩芬
編　輯：黎夢萍
美術設計：黃永漢
印　務：李明修（主任）、張加恩（主任）、張凱棋
發行所：台灣角川股份有限公司
地　址：104台北市中山區松江路223號3樓
電　話：（02）2515-3000
傳　真：（02）2515-0033
網　址：www.kadokawa.com.tw
劃撥帳戶：台灣角川股份有限公司
劃撥帳號：19487412
法律顧問：有澤法律事務所
製　版：巨茂科技印刷有限公司
ISBN：978-626-321-222-0